APOCALIPSE
UMA INTERPRETAÇÃO ESPÍRITA DAS PROFECIAS

Os direitos autorais desta obra foram cedidos gratuitamente pelo médium Robson Pinheiro à Casa dos Espíritos Editora — empresa parceira da Sociedade Espírita Everilda Batista, instituição de ação social e promoção humana, sem fins lucrativos.

Direitos autorais reservados. É proibida a reprodução total ou parcial desta obra, de qualquer forma ou por qualquer meio, salvo com autorização expressa e por escrito da Editora. Ao reproduzir este ou qualquer livro através de fotocópia (xerox) ou outro método, você prejudica a Editora, seus colaboradores e a todos aqueles que trabalham com o livro no Brasil. Prejudica o autor, as obras sociais e de divulgação a que se destinam o produto desta obra, e, sobretudo, a você mesmo. *Cópia ilegal é crime.* Existem outras alternativas, caso você não tenha recursos para adquirir a obra. Procure se informar.

APOCALIPSE

UMA INTERPRETAÇÃO ESPÍRITA DAS PROFECIAS

2ª edição revista, ilustrada e com novo projeto gráfico

ROBSON
PINHEIRO

PELO ESPÍRITO
ESTÊVÃO

Edição, notas e coordenação	Leonardo Möller
Design	Mario Almendros
Ilustração de capa	Délcio Almeida
Ilustrações de miolo	Wagner da Cunha
Tratamento das ilustrações	Mario Almendros
Foto do autor	Douglas Moreira
Revisão	Laura Martins
	Liane Möller de Oliveira
Impressão e acabamento	Lis Gráfica

TODOS OS DIREITOS RESERVADOS À
Casa dos Espíritos Editora
Avenida Álvares Cabral, 982, sala 1101
Belo Horizonte | MG | 30170-002 | Brasil
Tel.: +55 (31) 3304 8300
editora@casadosespiritos.com.br
www.casadosespiritos.com
Copyright © 2005 by Casa dos Espíritos Editora

Dados Internacionais de Catalogação na Publicação (CIP)
(Câmara Brasileira do Livro | São Paulo, SP | Brasil)

Estêvão (Espírito).
   Apocalipse : uma interpretação espírita das profecias / pelo espírito Estêvão ; [psicografado por] Robson Pinheiro. — 2ª. ed. rev. e ilustrada. — Contagem, MG : Casa dos Espíritos Editora, 2005.

ISBN: 978-85-87781-16-1

1. Bíblia e Espiritismo 2. Bíblia. N.T. Apocalipse — Crítica e interpretação 3. Espiritismo 4. Histórias bíblicas 5. Psicografia 6. Profecias I. Pinheiro, Robson. II. Título.

05-1531   CDD-133.93

Índices para catálogo sistemático:
1. Apocalipse : Interpretação : Mensagens psicografadas : Espiritismo   133.93

Sumário

Estêvão, o autor espiritual *por Robson Pinheiro*, 11
Prefácio *pelo espírito Estêvão*, 13

Parte I Abrindo o livro
INTRODUÇÃO
Um pouco de hermenêutica bíblica: o Apocalipse de João *pelo espírito Estêvão*, 17
    Os acontecimentos — a época, 19
    Ocasião e objetivo, 19
    Conteúdo, 20
    Forma literária, 21
    Método de comunicação, 22
    Cristo revelado, 23
    Os espíritos agem no Apocalipse, 25

CAPÍTULO 1
A Revelação, 27 *[Ap 1]*

CAPÍTULO 2
As sete igrejas e os sete castiçais, 33 *[Ap 2-3]*
    A primeira igreja: Éfeso, 37
    A segunda igreja: Esmirna, 43
    A terceira igreja: Pérgamo, 47
    A quarta igreja: Tiatira, 51
    A quinta igreja: Sardes, 55
    A sexta igreja: Filadélfia, 58
    A sétima igreja: Laodicéia, 61

Parte II O livro selado

CAPÍTULO 3
A visão sideral, 67 [Ap 4]
    Os 24 anciãos, 69
    A ação sideral e o parto cósmico, 71
    Os quatro seres viventes, 74

CAPÍTULO 4
O livro dos destinos, 77 [Ap 5]

CAPÍTULO 5
Os sete selos e os quatro cavaleiros, 87 [Ap 6]
    O primeiro selo: o cavalo branco, 88
    O segundo selo: o cavalo vermelho, 93
    O terceiro selo: o cavalo preto, 97
    O quarto selo: o cavalo amarelo, 101
    O quinto selo: os mártires, 105
    O sexto selo: sinais na terra e no céu, 110

CAPÍTULO 6
Os quatro anjos e os 144 mil eleitos, 119 [Ap 7]

CAPÍTULO 7
O sétimo selo e os sete anjos, 127 [Ap 8-9]
    O primeiro anjo, 131
    O segundo anjo, 134
    O terceiro anjo, 134
    O quarto anjo, 138
    O quinto anjo, 140
    O sexto anjo, 144
    O sétimo anjo, 146 [Ap 10]

Parte III O livro aberto

CAPÍTULO 8
Tempos proféticos, 151 [Ap 10]

CAPÍTULO 9
A mulher e o dragão, 155 *[Ap 12-13]*
    Os quatro animais de Daniel, 158
    O quarto animal e o dragão, 162
    O fim dos 1.260 anos, 168

CAPÍTULO 10
A grande prostituta, 171 *[Ap 17]*

CAPÍTULO 11
As duas testemunhas, 179 *[Ap 11]*
    A sétima trombeta, 184

CAPÍTULO 12
As três mensagens: justiça, amor e verdade, 189 *[Ap 14]*

CAPÍTULO 13
A besta e o falso profeta, 195 *[Ap 13;19]*

CAPÍTULO 14
As sete pragas e as sete taças da ira, 203 *[Ap 15-16]*
    A primeira taça, 205
    A segunda taça, 206
    A terceira taça, 207
    A quarta taça, 209
    A quinta taça, 210
    A sexta taça, 211
    A sétima taça, 213

CAPÍTULO 15
A queda de Babilônia, 219 *[Ap 18-19]*

CAPÍTULO 16
Satanás, a lendária figura do mal, 227 *[Ap 20]*
    O juízo final, 231

Parte IV **O livro do amanhã**

CAPÍTULO 17
A nova Jerusalém, 235 *[Ap 21-22]*
    Um mundo melhor, 238

EPÍLOGO
Filhos da Terra, 241

Parte V **O livro em debate**

Estêvão responde, 249
Editar ou não editar? — eis a questão, 261
por Leonardo Möller EDITOR
    Sagrado e profano, 264
    Kardec "editor", 265
    Um novo dilema, 269

Estêvão, o autor espiritual
por Robson Pinheiro

Estêvão é o pseudônimo escolhido pelo autor espiritual em homenagem ao mártir cristão apedrejado no início de nossa era. Este espírito apresenta-se à nossa visão espiritual envolvido em suave luz de tonalidade lilás com reflexos dourados. Mostra-se vestido de maneira simples, com os cabelos brancos, mais ou menos longos. Sua aparência lembra-nos a de um soldado judeu, embainhando sua espada como símbolo da verdade e da justiça.

Teve uma de suas encarnações na Judéia, por volta do ano 5 a.C., e participou mais tarde do exército de defensores de sua pátria, até que teve a oportunidade de se converter à mensagem cristã, quando ouviu uma pregação de Estêvão, antes de ele ser apedrejado. Dedicou-se, a partir daí, ao estudo e à pregação do Evangelho, transferindo-se mais tarde para a Grécia, onde aperfeiçoou seu conhecimento. Nessa ocasião, adota o pseudônimo *Estêvão*, em homenagem ao mártir cristão. Desencarnou naquela época com a idade de 55 anos, na cidade de Corinto.

Reencarnou mais tarde, por volta do ano 170 d.C., em Roma, onde desde cedo se identificou com os propósitos renovadores do Evangelho, fazendo diversas viagens para o oriente, ampliando ainda mais sua cultura espiritual. Retornou a Roma e participou de muitos movimentos da Igreja, sendo considerado um profundo conhecedor das letras evangélicas. Após o desencarne, participou das equipes espirituais que inspiraram diversos movimentos de reforma no seio da Igreja.

Tivemos notícia de que também reencarnou anos mais tarde num dos países da América pré-colombiana, em tarefa de esclarecimento de alguns dos povos incas ou astecas.

Este amigo espiritual demonstra grande experiência com as questões relativas ao Evangelho e à doutrina espírita, sendo que uma de suas exigências para o trabalho mediúnico é a fidelidade e lealdade aos pincípios codificados por Allan Kardec e aos ensinamentos de Jesus. Tem demonstrado caráter firme e correto e, juntamente com outros amigos espirituais, nos orienta nos trabalhos mediúnicos.

Prefácio
pelo espírito Estêvão

Meus filhos, abençoe-nos o Senhor! Eis aqui alguns comentários despretensiosos sobre os capítulos considerados mais importantes do livro Apocalipse. Não temos, nestas humildes palavras, a pretensão de esgotar o assunto e nem mesmo de deter a verdade absoluta dos fatos, uma vez que somente Deus pode conhecê-la.

No entanto, convidado a falar a respeito dos temas aqui tratados e em vista de certos comentários espetaculosos disseminados em vosso mundo a respeito de assunto tão importante, resolvi fazer alguns ligeiros apontamentos, seguindo um roteiro estabelecido, do lado de cá da vida, por aqueles irmãos maiores que nos dirigem os passos.

Adotei o critério de analisar todas as profecias e os fatos históricos que lhes deram cumprimento, com o objetivo de mostrar a ascendência de Jesus sobre todos os acontecimentos a que se refere a história das civilizações planetárias. Mesmo que alguns fatos pareçam demasiado graves ou espetaculares, pela firmeza da linguagem empregada, não se pode disfarçar aquilo que a história sobejamente comprova, embora possam esses relatos ferir certas suscetibilidades.

Enfim, nosso compromisso é com a verdade e a divulgação da mensagem espírita. Eis, pois, a nossa humilde contribuição para os estudos de meus irmãos, enquanto rogamos ao Mestre que nos abençoe os propósitos de aprendizado em sua seara.

PARTE I
ABRINDO O LIVRO

UM POUCO DE HERMENÊUTICA BÍBLICA: O APOCALIPSE DE JOÃO

INTRODUÇÃO
pelo espírito Estêvão

O médium João Evangelista, sob a orientação do Alto, deixa registrada para a posteridade uma carta, em forma de revelação profética. Ele se refere a si mesmo quatro vezes como sendo João (Ap 1:1,4,9; 22:8[1]). Analisando seus comentários no Apocalipse, chega-se à conclusão de que o apóstolo era tão bem conhecido por seus leitores e sua autoridade espiritual era tão amplamente reconhecida que não precisou estabelecer suas credenciais apostólicas.

---

[1] As citações bíblicas obedecem à normatização consagrada nas traduções disponíveis. Como esse padrão geralmente não é adotado no meio espírita, vale fazer alguns esclarecimentos.

Primeiramente, as abreviações dos livros bíblicos são convencionais e encontram-se no início de qualquer bíblia. Em segundo lugar, quanto aos símbolos utilizados para citar trechos específicos, optamos pelos dois pontos para separar capítulos de versículos (edições católicas preferem a vírgula); hífen para intervalos, vírgulas para separar versículos não consecutivos num mesmo capítulo e, finalmente, ponto-e-vírgula para separar citações de capítulos distintos.

Portanto, a citação Ap 4:2-5:14; 22:3; 1Co 5:2 considera o Apocalipse de João, do trecho que se inicia no capítulo 4, versículo 2, e vai até o capítulo 5, versículo 14, e inclui o terceiro versículo do capítulo 22 do mesmo livro; além disso, refere-se também a um versículo da Primeira Epístola

Os acontecimentos — a época

Evidências encontradas no próprio texto indicam que foi escrito durante período de extrema perseguição aos cristãos. *Provavelmente*[2], no período compreendido entre o reinado de Nero, quando do grande fogo que quase destruiu Roma, em julho de 64 d.C., e a destruição de Jerusalém, em setembro de 70 d.C. O livro é uma profecia, uma *revelação* autêntica sobre o futuro próximo e os *tempos do fim* — a perseguição dos cristãos, que se tornou bem mais intensa e severa nos anos seguintes —, tanto quanto sobre a esperança de dias melhores para a humanidade.

Ocasião e objetivo

Sob a inspiração dos espíritos e utilizando-se das mensagens do Antigo Testamento, João sem dúvida vinha refletindo sobre os acontecimentos que ocorriam em Roma e em Jerusalém, quando recebeu a *revelação* do que estava para acontecer, isto é, a intensificação do conflito espiritual que confrontaria

---

aos Coríntios, especificamente o segundo do capítulo 5.

Quanto aos versículos, são abreviados como vv. em trechos que citam repetidamente partes de um mesmo capítulo.

Todas as citações bíblicas foram extraídas da Bíblia de referência Thompson. Tradução de João Ferreira de Almeida — Edição contemporânea. São Paulo: Vida, 1998, 8ª impressão.

[2] O termo "provavelmente" foi acrescentado à psicografia original, pois há estudiosos que defendem que o Apocalipse de João data do reinado de Domiciano, e teria sido produzido por volta do ano 95 d.C. Alguns argumentam inclusive que essa possibilidade é a mais plausível, porém as pesquisas são inconclusivas.

as comunidades religiosas — igrejas (Ap 1-3) —, perpetrada pelo Estado anticristão e por numerosas religiões não cristãs. O objetivo da mensagem apocalíptica era fornecer estímulo pastoral aos cristãos perseguidos, confortando, desafiando e proclamando a esperança cristã garantida e certa, além de ratificar a certeza de que, em Cristo, eles compartilhavam o método soberano de Deus. Por meio da espiritualidade em todas suas manifestações, alcançariam a superação total das forças de oposição à nova ordem que se estabelecia, pois que essa constituía a vontade do Altíssimo.

Conteúdo

A mensagem central do Apocalipse é que "já reina o Senhor nosso Deus, o Todo-poderoso" (Ap 19:6). Esse tema foi validado na história devido à vitória do Cordeiro, que é "o Senhor dos senhores e o Rei dos reis" (Ap 17:14), na linguagem bíblica. Entendido em seu sentido espiritual, significa que todos os acontecimentos históricos estão e são administrados pela soberania de Jesus, o administrador do mundo, o filho de Deus.

Entretanto, aqueles que intentam seguir a mensagem cristã estão envolvidos em um conflito espiritual contínuo, chamado *combate* pelo apóstolo Paulo (Ef 6:10-12). Sendo assim, o Apocalipse também tem por objetivo possibilitar maior discernimento quanto à natureza e tática dos inimigos íntimos do homem, materializados nas forças de oposição e conhecidos como dragão, besta e falso profeta. O dragão, representação de todas as forças que se opõem ao progresso do mundo, sente-se reprimido e acuado pelas conseqüentes restrições impostas à sua atividade. Desesperado para frustrar os propósitos espirituais perante o destino inevitável, desenvolve uma atividade intensa, procurando "fazer guerra" aos santos ou aos que observam a fidelidade a Jesus (cf. Ap 12:17). A primeira e a segunda Bestas (Ap 13:1-10 e 11-17, respectivamente) podem ser compreendidas como a representação da sociedade, do comércio e da cultura secular chamada cristã, também conhecida como cultura ocidental, definitivamente enganosa e sedutora, representada também como a prostituta Babilônia (Ap 17-18).

Forma literária

Depois do prólogo, o Apocalipse começa (Ap 1:4-7) e termina (Ap 22:21) da mesma forma que as demais epístolas típicas do Novo Testamento. Embora contenha sete cartas para sete igrejas, está claro que cada membro deve "ouvir" a mensagem dirigida a cada uma das igrejas[3], bem como a mensagem do livro inteiro (cf. Ap 1:3; 22:16-17), a fim de que possa conhecer os propósitos e desígnios espirituais e perceber que "o tempo está próximo" (Ap 1:3; 22:9-10). No interior desta carta de conteúdo escatológico, está a *profecia* (cf. Ap 1:3; 10:11; 19:10; 22:6-7,10,18-19).

De acordo com Paulo, "o que profetiza, fala aos homens para edificação [estímulo], exortação e consolação" (1Co 14:3). O profeta é, pois, o médium do Alto que anuncia a *Palavra* ou *mensagem* como um chamamento à conscientização do tempo

---

[3] As sete cartas, que compõem Ap 2-3, são todas arrematadas com a fórmula "Quem tem ouvidos, ouça o que o Espírito diz às igrejas", que apresenta uma síntese da relação do Alto com aquela igreja *(Ap 2:7,11,17,29; 3:6,13,22)*. Tais cartas são analisadas uma a uma pelo espírito Estêvão nesta obra.

presente e da situação futura. Além disso, desperta a responsabilidade quanto à parcela da verdade que está reservada a cada igreja, comunidade, ou, em grego, *ekklesia*.

Como o próprio texto de João alerta, essa profecia ou revelação mediúnica e espiritual não deveria ser selada ou retida em segredo (cf. Ap 22:10), por ser relevante para os seguidores do Mestre de todas as gerações.

Método de comunicação

João recebeu as revelações na forma de figuras vívidas e imagens simbólicas, que se assemelham àquelas encontradas nos livros proféticos do Antigo Testamento. Ele registra suas visões *na ordem em que as recebeu*, muitas das quais retratam os mesmos acontecimentos através de diferentes perspectivas. Sendo assim, ele não estabelece uma ordem cronológica na qual determinados eventos históricos devem necessariamente acontecer, nem encadeia as profecias do Apocalipse em uma sucessão cronológica. Dois exemplos: Jesus nasce em Ap 12, é exaltado em Ap 5 e caminha em meio às suas igrejas em Ap 1; a besta que ataca as duas testemunhas em Ap 11:7 não havia sido mencionada até Ap 13. Portanto, João registra uma série de *visões sucessivas*, e não uma série de *acontecimentos consecutivos*.

O Apocalipse é um panorama ou quadro cósmico — ou melhor, diversos quadros vivos, que retratam certa situação espiritual — elaborado, colorido, acompanhado e interpretado por anjos, ou seja, seres espirituais da mais alta estirpe. A palavra falada é prosa elevada, mais poética do que possam expressar os tradutores; a música do texto é semelhante a uma cantata. Repetidamente são introduzidos temas, mais tarde reintroduzidos, combinados com outros, que, no todo, constituem um esboço da história universal.

Há um segredo para a compreensão das visões e revelações mediúnicas dadas através de João. As mensagens e revelações contêm linguagem figurativa, que sugere as realidades espirituais em torno e por trás da experiência histórica. Os sinais e símbolos são essenciais, porque a verdade espiritual e a realidade invisível devem ser sempre comunicadas aos seres humanos através de seus sentidos. Tais figuras apontam para o que é definitivamente indescritível: exprimem uma tentativa de tornar compreensível o fator espiritual, utilizando elementos conhecidos da época em que são descritos. Por exemplo: o relato sobre os gafanhotos demoníacos do abismo (Ap 9:1-12) cria uma impressão vívida e horripilante, ainda que os mínimos detalhes não tenham sido descritos com a intenção de ser interpretados.

Cristo revelado

O Apocalipse traz uma mensagem na qual se acha plenamente expressa a natureza divinizada e humana do Cristo, tanto quanto seu trabalho incessante no governo do mundo. Mencionado pelo menos uma vez no Apocalipse [declarando-se o autor das revelações, *Jesus* aparece com esse nome apenas em Ap 22:16], junto com uma série de títulos adicionais, o Mestre é apresentado como o ponto máximo na representação de Deus, auxiliando a vitória do bem e o estabelecimento definitivo do reino do amor na Terra. O livro da revelação profética fornece uma visão multidimensional da posição, do ministério contínuo e da vitória definitiva de Jesus como o administrador dos destinos humanos.

Nas visões do apóstolo, o único que é *digno* de executar o propósito eterno de Deus é o "o Leão da tribo de Judá, a raiz de Davi" (Ap 5:5; cf. 5:9,12) — Jesus, conforme fora anunciado pelos profetas [cf. Gn 49:9; Is 11:1-10; Rm 15:12 etc.]. No Apocalipse, contudo, o Mestre aparece não como um messias político, mas um Cordeiro morto (Ap 5:5-6) e ressuscitado. O *Cordeiro* é seu título primário, utilizado 28 vezes no Apocalipse, uma vez que é assim denominado por João já em seu evangelho (Jo 1:29). Como aquele que conquistou, Ele tem a legítima autoridade e o poder de controlar todas as forças do mal e suas conseqüências segundo seus propósitos de julgamento e evolução (cf. Ap 6:1-7:17), pois o Cordeiro está "assentado sobre o trono" (Ap 4:2-5:14; 22:3) — essa é uma linguagem representativa com relação à interpretação das palavras proféticas de João.

O Cordeiro, descrito, já em Dn 7:13 e novamente em Ap 1:13, como "alguém semelhante a um filho de homem", está sempre no meio de seu povo (cf. Ap 1:9-3:22; 14:1), indivíduos cujos nomes estão registrados em seu *livro da vida* (cf. Ap 13:8; 20:15; 21:27; Fp 4:3; expressão que remonta a Sl 69:28). Ele os conhece intimamente; com um amor dedicado e sobre-humano, cuida deles, protege-os, disciplina-os e desafia-os. Eles compartilham totalmente de sua vitória presente e futura (cf. Ap 17:14; 19:11-16; 21:1-22:5), bem como da "ceia das bodas" ou da celebração da vida e da vitória (cf. Ap 19:7-9; 21:2). O Cordeiro habita em seu povo — pois é chamado *filho* do próprio *homem* — que, por sua vez, habita no Cordeiro (cf. Ap 21:22). Tal ensinamento é válido para aqueles que, de uma forma ou de outra, são os representantes do Cordeiro no presente momento evolutivo do mundo.

O Cordeiro é o símbolo do Deus que se manifesta em seus filhos (cf. Ap 7; 11:17; 22) para consumar o plano de evolução, para completar a criação da nova comunidade de seres espiritualizados, traduzida como "um novo céu e uma nova Terra" (Ap 21:1[4]) e restaurar as bênçãos num mundo renovado pelo amor (cf. Ap 22:2-5). Jesus, como o divino Cordeiro, representa o ponto culminante da história e também o maior representante da raça humana junto às comunidades redimidas da Via-Láctea.

Os espíritos agem no Apocalipse

A descrição dos espíritos como os "sete espíritos de Deus" é indiscutível no livro profético (cf. Ap 1:4; 3:1; 4:5; 5:6). O número sete, na cultura judaica, é um número simbólico, qualitativo, comunicando a idéia de perfeição e plenitude. Portanto, o plano espiritual é expresso em termos de excelência, no que tange à sua atividade dinâmica em benefício da humanidade. As "sete lâmpadas de fogo" que aparecem em Ap 4:5 sugerem que a tarefa de esclarecimento dos espíritos é assim como o fogo das sete lâmpadas ou candeias, que expressam uma atividade energizante, iluminativa. Os sete espíritos são apresentados simultaneamente como os *sete olhos* e os *sete chifres* do Cordeiro (Ap 5:6), simbolizando respectivamente conhecimento e poder em plenitude; além disso, estão postos

---

[4] A promessa de "um novo céu e uma nova Terra" era anunciada desde os profetas, muito aguardada pelos judeus. A expressão aparece já em Is 65:17, referindo-se à era em que viria o messias, e ganha significado mais abrangente e próximo ao que João lhe atribui com Paulo (Rm 8:19-23), quando descreve a Terra renovada.

"diante do trono" (Ap 1:4; 4:5). Ambos fatos evidenciam serem eles os representantes do Cordeiro, Jesus, indicando que os espíritos administram junto com Ele os destinos dos homens do planeta Terra.

É importante notar ainda como em cada uma das mensagens para as sete igrejas, constantes em Ap 2-3, observa-se como os membros são incitados a ouvir "o que o espírito diz" ao término de cada carta. Ora, o espírito diz somente o que o Jesus diz — ele tão-somente transmite a mensagem do Senhor —, portanto eis aqui a atuação direta do plano espiritual junto às comunidades eclesiais.

Enfim, as visões proféticas são comunicadas a João somente quando ele está "arrebatado em espírito" (cf. Ap 1:10; 4:2), levado ou movido em espírito (cf. Ap 21:10) — ou, de acordo com a terminologia espírita atual, desdobrado em corpo espiritual —, informação que torna patente o fenômeno mediúnico.

A REVELAÇÃO

CAPÍTULO 1

[Ap1]

> "Revelação de Jesus Cristo, que Deus lhe deu, para mostrar aos seus servos as coisas que brevemente devem acontecer. Ele as enviou pelo seu anjo, e as notificou ao seu servo João,
>
> o qual testificou da palavra de Deus, do testemunho de Jesus Cristo, de tudo o que viu."
>
> Ap 1:1-2

Na ilha de Patmos, situada perto da costa da Ásia Menor, não muito distante de Éfeso, o apóstolo João é alvo da atenção do plano espiritual. Em estado de transe, o médium é desdobrado pelo magnetismo espiritual de elevada entidade, quando lhe são comunicados os propósitos que o Alto nutria em relação às revelações que lhe seriam transmitidas.

Inicia assim uma das descrições mais interessantes e importantes, entre os textos considerados sagrados pelos povos cristãos.

Em diversas épocas, depois do estabelecimento da Igreja, o Apocalipse de João constituiu-se motivo de contendas ou de medo para aqueles que não lhe compreendiam o significado.

Aqui, no entanto, prendemos a atenção aos aspectos histórico-morais, com o objetivo de demonstrar as questões relevantes quanto à felicidade futura, destacando a visão otimista que se oculta sob o véu das imagens apresentadas pelo apóstolo.

O caráter do livro é perfeitamente demonstrado já no início

do capítulo (Ap 1:1). É uma revelação que o Alto proporciona aos servos, por via mediúnica, pois é transmitida a João por intermédio de elevado mensageiro espiritual — o anjo que lhe desdobra, ante a visão psíquica, os propósitos que o Cristo lhe transmitiu.

João envia as mensagens às sete igrejas da Ásia [Ap 2-3]. Isso se reveste de significado para nós.

Após a morte de Jesus, os apóstolos foram investidos da missão de espalhar a boa-nova do Reino por todas as nações por onde pisassem seus pés. Sozinhos ou em grupo, por todos os confins do mundo então conhecido, fundaram igrejas ou comunidades, onde se estudavam as palavras de Jesus. Já naquele tempo, pressentia-se que elementos de ordem inferior começavam a minar as resistências daqueles que defendiam os princípios estabelecidos pelos fundadores das comunidades religiosas (do grego, *ekklesias*). Esse fato levou o Alto a enviar a divina Revelação a essas comunidades, estendida àquelas que lhes sucederiam ao longo do tempo na história humana.

Ao falar a respeito "daquele que é, e que era, e que há de vir" (Ap 1:4,8 etc.) e "dos sete espíritos que estão diante do seu trono" (Ap 1:4), o apóstolo nos faz relembrar da ascendência moral de Jesus sobre todos os povos da Terra e da comunidade de espíritos superiores que, junto a Jesus, governam os destinos do orbe terráqueo, desde sua formação até a consumação da presente etapa evolutiva. Quais sejam os acontecimentos vindouros, as tempestades políticas e sociais, não devemos temê-los, por saber da elevada assistência desses espíritos do Senhor, que, sob a orientação de Jesus, nos amparam a marcha evolutiva e nunca abandonam a raça humana. Por isso é

*O desdobramento espiritual do apóstolo João:
"Eu fui arrebatado em espírito" [Ap 1:10]*

apresentada a visão semelhante a um trono, que significa a majestade, o poder que o Cristo detém em todas as circunstâncias da história.

Embora os estadistas, os governadores e os reis de todas as épocas se julguem donos dos acontecimentos sociais desenvolvidos no planeta Terra, os mensageiros siderais do governo oculto do mundo detêm, em suas mãos, o poder de modificar o panorama dos acontecimentos, abalar os reinos e promover o progresso dos povos, sendo sua atuação na história perfeitamente visível e, acima de tudo, confiável, pois obedecem a um plano previamente estabelecido pela Suprema Consciência que a tudo governa pela sua vontade soberana.

Logo a seguir, o apóstolo fala que, no estabelecimento do reino do amor, "todo o olho o verá, até mesmo os que o trespassaram" (Ap 1:7), mostrando a inflexibilidade da lei do progresso espiritual, que define o futuro de todos os seres. Aqueles mesmos espíritos que, em qualquer época, relegaram a mensagem cristã, perseguiram ou martirizaram os mensageiros do eterno bem, haverão de retornar ao palco da vida física, em novas oportunidades de progresso e redenção, a fim de presenciarem, no futuro, o reinado do amor estabelecido nos corações.

"Eu fui arrebatado[5] em espírito" (Ap 1:10) — é como o

---

[5] Os termos *desdobramento* e *arrebatamento em espírito* referem-se ao mesmo fenômeno, que denota a expansão da consciência, quando o espírito afasta-se temporariamente do corpo físico para atividades diversas, conforme sua necessidade. Figura em *O livro dos espíritos*, de Allan Kardec, sob o nome de *sonambulismo*, e também é atualmente conhecido como *projeção da consciência*. Descrito nos itens 400 a 455 dessa obra, que tratam daquilo que Kardec denomina *Emancipação da alma*, tem análise ainda mais pormenorizada em *O livro dos médiuns* e, mais tarde, em *A gênese*.

apóstolo vidente descreve o método como lhe foi revelada a mensagem apocalíptica. Através do desdobramento espiritual, ele foi levado a regiões do espaço, onde os acontecimentos de todas as épocas encontram-se indelevelmente gravados nos registros siderais. De posse de tal conhecimento, retorna ao corpo físico, em êxtase dos sentidos, e relata de forma maravilhosa, com os símbolos e imagens que são tão comuns ao seu povo, aquilo que o Mestre da Vida lhe revela ao espírito fiel.

Nas comunidades religiosas da época, as chamadas *ekklesias*, começava a obra do "homem do pecado" [expressão de Paulo utilizada em 2Ts 2:3], isto é, a penetração de doutrinas humanas, que, lentamente, foram-se integrando ao núcleo primitivo do cristianismo, às comunidades cristãs. Nas epístolas aos seus discípulos Timóteo e Tito, bem como na carta aos hebreus, Paulo já chamava a atenção para o perigo de se desviar da "sã doutrina", como que prevendo as dificuldades que iriam abater-se sobre o edifício duramente construído da doutrina cristã [cf. 1Tm 1:10, Tt 2:1, Hb 13:9].

É em meio a esse clima que vieram os alertas do apóstolo João, no livro Apocalipse.

Faz-se necessário que retornemos, de vez em quando, às páginas do Antigo Testamento, a fim de consultarmos o livro do profeta Daniel e outros mais, e entendermos o que se acha escrito em alguns capítulos do Apocalipse, para então formarmos uma visão mais ampla da mensagem neotestamentária da Revelação.

AS SETE IGREJAS E OS SETE CASTIÇAIS

CAPÍTULO 2
[Ap 2-3]

"Eu, João, irmão vosso e companheiro convosco na aflição, no reino e na perseverança em Jesus, estava na ilha chamada Patmos por causa da palavra de Deus e do testemunho de Jesus.

Eu fui arrebatado em espírito no dia do Senhor, e ouvi detrás de mim uma grande voz, como de trombeta, que dizia:

O que vês, escreve-o num livro, e envia-o às sete igrejas que estão na Ásia: a Éfeso, a Esmirna, a Pérgamo, a Tiatira, a Sardes, a Filadélfia e a Laodicéia."

Ap 1:9-11

A religião israelita era cheia de símbolos, de alegorias, que falavam aos espíritos simples daquele povo a respeito das coisas espirituais. Por isso mesmo, o apóstolo conserva em seus escritos a simbologia utilizada há séculos, a fim de se tornar compreendido entre os seus.

Quando Moisés retirou seu povo do Egito, sob a inspiração superior, construiu um santuário, que seria o centro do culto de toda a nação [cf. Êx 26:1; 39:32 etc.]. Esse santuário possuía, em seu interior, instrumentos de culto utilizados pelos levitas no serviço de adoração. Mais tarde, quando Salomão construiu o santuário definitivo, em Jerusalém, foram para lá transferidos os castiçais sagrados e demais utensílios que se encontravam na tenda que Moisés havia construído [cf. 1Rs 7:49; 8:4; 2Cr 1:3 etc.].

Jesus e os sete castiçais de ouro [cf. Ap 1:12]

Utilizando-se dessas imagens comuns ao seu povo, o vidente de Patmos descreve, em rica simbologia, a visão espiritual:

> "E voltei-me para ver quem falava comigo. E, ao voltar-me, vi sete candeeiros [ou castiçais] de ouro,
>
> e no meio dos sete candeeiros alguém semelhante a um filho de homem, vestido com vestes talares, e cingido à altura do peito com um cinto de ouro.
>
> Tinha ele na mão direita sete estrelas (...).
>
> O mistério das sete estrelas que viste na minha mão direita, e os sete candeeiros de ouro é este: As sete estrelas são os anjos das sete igrejas, e os sete candeeiros são as sete igrejas."

Ap 1:12-13,16,20

A visão dos sete castiçais representa as sete igrejas, em que o Cristo foi visto como que passeando no meio delas. A simbologia do número sete é constante no livro, por significar a plenitude. O número é igualmente constante na cabala judaica e, por isso, reveste-se de significado para o povo judeu. Simboliza o que é pleno, completo. No caso presente, as sete igrejas significam todos os períodos da história cristã ao longo dos séculos, a universalidade do ensinamento transmitido.

Na mesma visão, Jesus é apresentado como tendo sete estrelas na mão, as quais representam os mensageiros ou responsáveis espirituais pelas igrejas em todos os tempos. Todos estão sob a orientação de Jesus, que nunca abandona seu povo, apesar das dificuldades que eles enfrentariam nos séculos de lutas que os aguardavam. Sendo assim, Jesus envia aos *anjos*, ou responsáveis espirituais das comunidades cristãs, o apelo, a alertiva ou a mensagem severa daquele que orienta os destinos dos povos e nações, sob o influxo da augusta sabedoria de que é portador. Esses anjos são os responsáveis por cada agrupamento religioso; mentores sobre cujas cabeças repousam as responsabilidades sobre aquelas almas.

Cada etapa da história é aqui representada com sua característica, como a chamar os fiéis para a necessidade de renovação e retorno aos princípios através dos quais foram edificados na fé: o fundamento dos apóstolos e dos profetas.

A visão panorâmica apresentada por João no Apocalipse não se restringe, porém, aos fatores históricos; independentemente da época em que a comunidade cristã se situe, poderá se enquadrar numa ou noutra representação figurativa, conforme a vivência do momento. Essa é uma característica importante da revelação de Jesus Cristo no Apocalipse.

Dessa maneira, podemos interpretar a visão simbólica das sete igrejas como uma divisão de sete períodos pelos quais as comunidades dos seguidores da boa-nova passariam ou passam através dos séculos. Se considerarmos que as comunidades cristãs primitivas foram estabelecidas pelas palavras do próprio Jesus e pelos ensinos dos apóstolos, torna-se evidente iniciar por aí os estudos relativos a tais períodos ou ciclos vivenciados pelos cristãos.

A partir da comunidade primitiva de Jerusalém, quando os apóstolos ainda coordenavam os ensinos, ou os ministravam seguindo as intuições que do Alto recebiam, podem-se visualizar as diversas fases da jornada secular do povo de Deus, através dos últimos 2 mil anos de história.

A primeira igreja: Éfeso

"Ao anjo da igreja de Éfeso escreve: Isto diz aquele

As igrejas na mão de Jesus

que tem na mão direita as sete estrelas, que anda no meio dos sete candeeiros [ou castiçais] de ouro:

Conheço as tuas obras, e o teu trabalho, e a tua perseverança, e que não podes suportar os maus, e que puseste à prova os que se dizem apóstolos e não o são, e os achaste mentirosos.

Tens perseverança, e por causa do meu nome sofreste, e não desfaleceste.

Tenho, porém, contra ti que deixaste o teu primeiro amor.

Lembra-te de onde caíste! Arrepende-te, e pratica as primeiras obras. Se não te arrependeres, brevemente virei a ti, e removerei do seu lugar o teu candeeiro, se não te arrependeres.

Tens, porém, a teu favor, que odeias as obras dos nicolaítas, as quais eu também odeio."

Ap 2:1-6

Cada nome de determinada congregação ou igreja está intimamente ligado à sua característica espiritual, contribuindo com o entendimento da mensagem. Sem tentarmos estabelecer datas definitivas, que podem variar segundo cada interpretação, procuraremos vislumbrar os aspectos das experiências vividas pela igreja e fazer a comparação, então, com os fatos registrados na história. Assim, ficamos ao abrigo de posicionamentos pessoais, da chaga do personalismo, sem determos a pretensão de haver dado a última palavra a respeito do assunto.

Éfeso representa o primeiro momento espiritual da jornada cristã, quando ainda se sentia o perfume dos ensinamentos primitivos dos apóstolos. Na mensagem acima, podemos ver enumeradas as virtudes desse período da Igreja: boas obras, trabalho e paciência, que tão bem simbolizam as atividades dos primeiros cristãos, ao expandirem a mensagem da boa-nova. Podemos igualmente deduzir, pela mensagem de Éfeso, o sofrimento decorrente da manutenção dos valores espirituais acima das questões de ordem material ou política da época.

Mas, mesmo detentores de tal responsabilidade, os cristãos foram aos poucos se cansando das lutas enfrentadas com os representantes do poder de César e, descuidando-se do devido preparo íntimo, começaram a ceder muitas vezes, ante as ameaças que recebiam.

ÉFESO era uma cidade rica, próspera, magnificente e formosa devido a seu templo dedicado à deusa Diana [algumas traduções registram Ártemis]. Localizava-se na costa ocidental da chamada Ásia Menor, às margens do mar Egeu, em território hoje pertencente à Turquia — onde, aliás, estão as outras seis cidades para as quais se destinam as cartas apocalípticas. Possuía um dos melhores portos da época e diversas boas estradas e, por isso mesmo, foi por muito tempo um dos centros comerciais mais importantes da Ásia.

A repreensão vem por parte do próprio Jesus: "Lembra-te de onde caíste!" (Ap 2:5). E a acusação que faz é de haver a comunidade de Éfeso abandonado o "primeiro amor", a caridade, devendo retornar às práticas da essência do ensinamento cristão.

Quando se pretende seguir o Cristo sem vivenciar seu ensinamento de amor e caridade, corre-se o risco de ficar detido nas palavras, sem a essência de sua mensagem.

Aos poucos, os seguidores de Jesus foram condescendendo com o mundo, deixando a prática das boas obras, dos ensinos morais do Cristo, pelas ofertas de César, e colocando em risco o destino da mensagem iluminativa.

Tal situação reflete bem a imagem daqueles que começam a palmilhar a estrada do conhecimento divino. Cheios de entusiasmo e de idéias, enfrentam de início as dificuldades naturais decorrentes de seu posicionamento íntimo ante as provas da vida; posteriormente, contudo, começam a contemporizar com os aspectos menos dignos do mundo. Pretendem fazer uma aliança entre o mundo de Cristo e o de César, como se pudessem estar "com um pé no mundo e o outro no céu". O engano torna-se ainda mais intenso quando os atrativos exteriores se fazem maiores do que a prática do bem, e o homem se entrega às fantasias que antes havia abandonado.

A imagem não poderia ser melhor apresentada do que foi pelo apóstolo João. Quantas vezes não iniciamos a caminhada de espiritualização cheios de paciência, de esperança e operosos nas atividades superiores e, aos poucos, deixamo-nos desanimar por comezinhos problemas da vida, por melindres ou posições personalistas?

Vem-nos o apelo do Alto para retornarmos ao primeiro amor, à prática *incondicional* do bem, à dedicação plena à verdade. Eis o perfume de Éfeso em nossas experiências diárias. A lição que nos é apresentada é por demais significativa, e o retorno do homem ao primeiro amor ou ao amor do Cristo é de imperiosa necessidade.

"(…) a blasfêmia dos que se dizem judeus,
e não o são, mas são da sinagoga de Satanás" [Ap 2:9]

A segunda igreja: Esmirna

> "Ao anjo da igreja de Esmirna escreve: Isto diz o primeiro e o último, o que foi morto e reviveu:
>
> Conheço a tua tribulação e a tua pobreza (mas tu és rico), e a blasfêmia dos que se dizem judeus, e não o são, mas são da sinagoga de Satanás[6].
>
> Não temas as coisas que estás para sofrer. Escutai: o diabo lançará alguns de vós na prisão, para que sejais provados, e tereis uma tribulação de dez dias. Sê fiel até à morte, e dar-te-ei a coroa da vida."
>
> Ap 2:8-10

Na carta à igreja de Esmirna, a autoridade de Jesus é apresentada como sendo o "primeiro e o último", o que estava "morto e reviveu" (Ap 2:8). Nessa simbologia é demonstrada a ascendência moral do Cristo, o Governante Planetário, sobre todos os acontecimentos históricos, o que dá maior força à palavra profética e mais segurança àqueles a quem são dirigidas tais palavras.

Após o primeiro momento histórico da igreja, ainda sob a orientação apostólica, sucede-se outro período em que as *aparências* substituem a *essência*. A referência aos "que se dizem judeus, e não o são" (Ap 2:9) representa a fase em que muitos aderiam ao movimento cristão, sem contudo serem genuinamente cristãos em sua intimidade. Foi justamente aí que a igreja primitiva começou a ser invadida pela presença

---

[6] O termo *Satanás* é apenas figurativo, e seu real significado é esclarecido pelo espírito Estêvão no capítulo 16 deste livro. Ver igualmente o livro *O céu e o inferno ou a justiça divina segundo o espiritismo*, de Allan Kardec (diversas editoras), que esclarece a respeito desse e de outros assuntos correlatos.

daqueles que eram da "sinagoga de Satanás" ou, conforme a história nos mostra, os falsos cristãos, os falsos conversos que se misturavam às comunidades cristãs para entregarem os verdadeiros seguidores de Jesus às mãos do poder de Roma.

O período é aqui muito bem identificado, quando o Apocalipse fala da perseguição de "dez dias" (Ap 8:10). O *dia* é um período profético muito utilizado nos livros considerados sagrados, como representativo de um ano [cf. Ez 4:6]. Foi justamente esse — isto é, dez anos — o período de perseguição religiosa declarada, quando os conversos da nova doutrina eram perseguidos e esmagados sob o domínio cruel e tirano de um governo que se sentia ameaçado pelos princípios que os cristãos defendiam.

RIVAL primeira de Éfeso nas atividades comerciais, Esmirna margeava um braço do mar Egeu e ansiava ser a cidade número um da Ásia em beleza e grandeza. Era altamente leal e fiel a Roma. A igreja de Esmirna foi fundada por Paulo em sua terceira viagem missionária [cf. At 19:10], que é descrita em At 18:23-21:17 e transcorreu durante os anos 53 a 57 d.C. Policarpo, discípulo de João, foi bispo em Esmirna e morreu queimado em 155 d.C. por sua lealdade a Jesus e aos princípios do Evangelho, conforme eram entendidos na época.

Fraternidade, amor e caridade eram a essência da mensagem libertadora que arrebanhava milhões do poder mundano e os integrava às falanges do bem. Isso não poderia passar despercebido por aqueles que se julgavam os donos do mundo — iniciou-se uma época de intensas perseguições. Sob o reinado de Diocleciano, durante um período de dez anos registrado nos anais da história, os seguidores de Jesus sofreram toda sorte de atentados e crimes brutais, muitas vezes entregues ou delatados por outros que também se diziam cristãos, mas que eram comprados e subornados com a finalidade de se tornarem traidores.

A promessa do Cristo de coroar-lhes com a vida é apresentada com base na fidelidade aos princípios superiores, pois se fazia necessário que, nesse período de duras provas, os cristãos pudessem estar amparados nas bases sólidas do conhecimento da vida imortal.

Nessa carta não encontramos repreensão, mas promessa de assistência espiritual superior. Ante as dores e lutas, a essência de qualquer mensagem do Alto é o consolo; ante o martírio, a promessa de vida soava aos ouvidos dos cristãos como a recordação de que eram imortais. A certeza da imortalidade da alma era a segurança e o abrigo para as duras provas que atravessavam.

Dez anos de martírio sob o domínio de Diocleciano fizeram com que o sangue dos cristãos se transformasse em sementeira de luzes para a glorificação da mensagem de amor de Jesus. Onde caía um cristão, seu sangue fazia a conversão de dez outros que prosseguiam com a mensagem renovadora, abalando para sempre o trono de César e as bases da intolerância da "sinagoga de Satanás" (Ap 2:9).

Idolatria e a doutrina de Balaão na terceira igreja [cf. Ap 2:14]

A terceira igreja: Pérgamo

"Ao anjo da igreja de Pérgamo escreve: Isto diz aquele que tem a espada afiada de dois gumes:

Sei onde habitas, que é onde está o trono de Satanás. Contudo, retens o meu nome, e não negaste a minha fé, mesmo nos dias de Antipas, minha fiel testemunha, o qual foi morto entre vós, onde Satanás habita.

Todavia, tenho algumas coisas contra ti: Tens aí os que seguem a doutrina de Balaão, o qual ensinava Balaque a lançar tropeços diante dos filhos de Israel, levando-os a comer das coisas sacrificadas aos ídolos, e praticar a prostituição.

Assim tens também alguns que seguem a doutrina dos nicolaítas.

Arrepende-te, pois! Se não em breve virei a ti, e contra eles batalharei com a espada da minha boca."

Ap 2:12-16

Novamente vemos o segmento histórico-profético nas palavras dirigidas à comunidade de Pérgamo. Essa igreja representa o período que se seguiu à perseguição cristã organizada, empreendida por Diocleciano, quando certas doutrinas[7] começaram a ser admitidas no seio da igreja. Após a morte dos apóstolos e daqueles que lutavam por manter firme a "sã doutrina" [expressão de Paulo usada em 1Tm 1:10; Tt 1:9 etc.]

---

[7] Conforme assinalado pelo autor espiritual, o apóstolo Paulo também demonstrava a preocupação com as chamadas doutrinas humanas. Quando escreve a seu discípulo Timóteo, alerta que muitos darão "ouvidos a espíritos enganadores, e a doutrinas de demônios" (1Tm 4:1). Ao se dirigir aos hebreus, recomenda: "Não vos deixeis envolver por doutrinas várias e estranhas" (Hb 13:9).

em sua simplicidade, veio o período em que a igreja se casou com o mundo, e doutrinas humanas começaram a tomar corpo nas comunidades religiosas. Cogitou-se pela primeira vez em estabelecer o *primado* do bispo de Roma, dando início à idéia de um papa, o que feria os mais simples princípios do Evangelho.

O "trono de Satanás" (Ap 2:13) é bem representado por essa época em que a igreja se prostituiu com doutrinas pagãs, quando admitiu práticas exteriores e um culto de aparências, a fim de alcançar o poder temporal. Nesse período foi abertamente admitida a idolatria a ídolos pagãos, sob o nome de *santos* cristãos, a fim de estabelecer aliança entre os pretensos seguidores de Jesus e o mundo.

O imperador Constantino foi, nessa época, aquele que mais contribuiu para o fortalecimento dessa aliança tenebrosa, que, mais tarde, geraria as forças tirânicas do papado, atrasando a marcha evolutiva das comunidades terrestres em séculos de ignorância e de sofrimento.

PÉRGAMO situava-se em uma enorme colina rochosa, e os romanos a tornaram a capital da província da Ásia Menor. Como nas demais cidades ditas pagãs, o povo adorava os deuses do panteão greco-romano. Esculápio, o deus da cura, era adorado em forma de uma serpente; havia também um altar a Zeus; e, por ser a capital da província, ali se praticava o culto ao Imperador romano.

Quando, em qualquer época, os seguidores da doutrina consoladora abrem mão dos seus princípios e da pureza de seus ensinamentos para admitirem preceitos e práticas estranhas àquelas do Cristo e dos espíritos superiores, seus mensageiros, maculam a essência da obra e da mensagem, podendo levar séculos para retomar o caminho do bem e do equilíbrio.

O trono de Satanás é também representado pela cidade de Roma, onde mais tarde seria estabelecida a sede do papado, em substituição ao poder temporal dos imperadores romanos. Apenas mudariam as aparências, e seria então elevado ao poder o domínio político-religioso do "homem do pecado", como afirma claramente o apóstolo Paulo em sua epístola aos tessalonicenses:

> "Ninguém de maneira alguma vos engane, pois isto não acontecerá sem que antes venha a apostasia, e se manifeste o homem do pecado, o filho da perdição.
>
> Ele se opõe e se levanta contra tudo o que se chama Deus ou é objeto de culto, de sorte que se assentará, como Deus, no templo de Deus, querendo parecer Deus."
>
> 2Ts 2:3-4

A profetisa Jezebel [cf. Ap 2:20]

A quarta igreja: Tiatira

"Ao anjo da igreja de Tiatira escreve: Isto diz o Filho de Deus, que tem os olhos como chama de fogo, e os pés semelhantes a latão reluzente:

Conheço as tuas obras, e o teu amor, e o teu serviço, e a tua fé, e a tua perseverança, e sei que as tuas últimas obras são mais numerosas do que as primeiras.

Mas tenho contra ti que toleras a Jezabel, mulher que se diz profetisa. Com seu ensino ela engana os meus servos, seduzindo-os a se prostituírem e a comerem das coisas sacrificadas aos ídolos.

Dei-lhe tempo para que se arrependesse da sua imoralidade, mas ela não quer se arrepender.

Portanto, lançá-la-ei num leito de dores, bem como em grande tribulação os que com ela adulteram, caso não se arrependam das obras que ela incita.

Ferirei de morte a seus filhos. Então todas as igrejas saberão que eu sou aquele que esquadrinha os rins e os corações, e darei a cada um de vós segundo as vossas obras.

Digo-vos, porém, a vós, os demais que estão em Tiatira, a todos quantos não têm esta doutrina, e não conheceram, como dizem, as profundezas de Satanás, que outra carga não porei sobre vós:

O que tendes, retende-o até que eu venha.

Ap 2:18-25

As imagens apresentadas são significativas, quando se considera a estrutura da Igreja, agora institucionalizada, ao longo de sua caminhada secular.

No Apocalipse, a mulher é sempre apresentada como a *noiva* de Cristo, simbolizando a comunidade religiosa, a igreja.

Dessa forma, podemos ver na figura da prostituta, quando se trata de alguma profecia, a igreja que se uniu ao mundo, ao poder político, adotando posturas e doutrinas diferentes das cristãs. Conhece, nesse intercâmbio com os poderes do mundo, as "profundezas de Satanás" (Ap 2:24), isto é, desce ao máximo em sua aliança mundana, afastando-se imensamente da doutrina do Cristo. Assim, a igreja se torna uma *falsa profetisa* (cf. Ap 2:20), trazendo o erro e o desequilíbrio, em lugar do ensinamento humilde e renovador do Evangelho.

LOCALIZADA em um vale, a cidade de Tiatira não possuía fortificações naturais; logo, estava exposta a ataques e invasões. Sendo assim, havia uma fortaleza para defender a cidade e obstruir o caminho para Pérgamo, que era a capital. Era uma cidade comercial, onde se vendia de tudo, e todo o comércio estava associado a uma divindade pagã. Para o cristão, tal fato impunha um dilema: ou ele participava da sociedade, e com isso trazia escândalo para o nome de Cristo, ou ele afastava-se da sociedade e, com isso, tinha a perda de seus privilégios.

Esse quadro representa de forma clara a situação da Igreja, após sua união com o Estado, que se faz seguir, então, pela ignorância espiritual que veio inaugurar as trevas da Idade Média. Nessa ocasião, os reis e soberanos de toda a Terra, que deram à Igreja o poder temporal na forma do papado, passaram a sofrer os desmandos e as tiranias que pretensos representantes do cristianismo impuseram ao mundo, como um fardo pesado e cruel, em séculos e séculos de trevas morais.

Nesse período, no entanto, é que apareceram aqueles que verdadeiramente representaram a réstia de luz que o céu enviou à Terra, para dar novas dimensões ao ensino cristão e tentar fazer com que a Igreja retornasse ao caminho do Alto. Vemos, aí, a vida missionária de Francisco de Assis e de muitos outros, que superaram em intensidade e qualidade aquilo que faltou à Igreja, como se fossem as suas vidas um apelo constante que o Pai enviava a seus filhos relapsos.

A igreja, prostituída em seus fundamentos doutrinários, é, na alegoria bíblica, a representação da mulher infiel, que abandona a presença de seu esposo — Jesus — e se lança aos braços de outro, estabelecendo aliança com doutrinas e poderes mundanos.

Mas a mensagem continua, referindo-se à vida missionária daqueles que exemplificaram a fidelidade aos princípios superiores. O exemplo desses missionários, que desciam à Terra periodicamente, deveria ser seguido: "O que tendes, retende-o até que eu venha" (Ap 2:25). O texto refere-se ao futuro, quando o Cristo retornaria para restabelecer seu ensinamento, com o Consolador prometido, momento em que se faria luz mais completa sobre os conceitos comprometidos devido à atuação irresponsável da Igreja e de seus representantes.

A comunidade cristã não ficaria abandonada indefinidamente, mas seria visitada com as luzes da genuína doutrina do Mestre, que seria restabelecida no mundo pelos divinos mensageiros do bem. Eles retornaram à Terra e, tais quais vozes dos céus, fariam reviver a verdadeira fé, a doutrina do Cristo, como mais tarde veremos em outra imagem profética do Apocalipse.

Aqueles que andarão junto com o Cordeiro [cf. Ap 3:4]

A quinta igreja: Sardes

> "Ao anjo da igreja de Sardes escreve: Isto diz o que tem os sete espíritos de Deus, e as sete estrelas. Conheço as tuas obras; tens nome de que vives, mas estás morto.
>
> Sê vigilante, e confirma o restante, que estava para morrer, pois não tenho achado as tuas obras perfeitas diante do meu Deus.
>
> Lembra-te, pois, do que recebeste e ouviste, e guarda-o, e arrepende-te. Mas se não vigiares, virei sobre ti como um ladrão, e não saberás a que hora sobre ti virei.
>
> Mas também tens em Sardes algumas pessoas que não contaminaram as suas vestes, e comigo andarão vestidas de branco, pois são dignas."
>
> Ap 3:1-4

Apesar da situação caótica reinante no período de trevas espirituais, ainda existiam pessoas que não se haviam contaminado com as práticas doutrinárias da Igreja, que há muito havia deixado os caminhos do bem.

Espíritos mais ou menos esclarecidos haviam reencarnado como faróis, que iluminavam as trevas da Idade Média, chamando a Igreja de volta ao Cristo.

Jan Huss, Lutero, Calvino, Wycliff e muitos outros — que viveram nesse período difícil, em que o poder temporal da Igreja havia corrompido a fé de muitos que se diziam seguidores de Jesus — clamavam, por meio de suas palavras e exemplos, um protesto que abalava certas estruturas do papa de Roma. Foi o período dos reformadores, quando a luz de uma nova era começou a iluminar a paisagem triste dos desmandos humanos.

A voz dos reformadores reacendeu as chamas da perseguição, e a Igreja, detentora do poder, abençoou o assassinato em massa, em nome de um Deus incompreensível, tal qual fizera o Império Romano com os primeiros cristãos. Criaram-se instituições e companhias que matavam em nome do papa e da madre Igreja, tão-somente por não suportarem a estonteante luz da verdade que começava a despontar em meio às trevas da ignorância.

A Reforma protestante foi uma preparação dos caminhos para o Consolador, criando condições para que o mundo acolhesse a vinda do Cristo através de seus emissários, os espíritos superiores, representantes de sua magnânima vontade entre os homens. Assim como a vinda do Cristo foi precedida por João Batista, que preparou os corações para a mensagem libertadora do Evangelho, a vinda do Consolador, a doutrina espírita, foi precedida pela ação da Reforma protestante, que abriu as mentes e predispôs os corações para a mensagem renovadora da terceira revelação.

SARDES estava sobre uma colina quase inacessível e era a capital de Lídia. Só existia um meio de se chegar à cidade, através de uma estreita faixa de terra que se estendia para o sul. Os sardenses eram orgulhosos e jactanciosos por causa de sua autoproteção natural. Não obstante tais barreiras, foi invadida tanto em 549 como em 218 a.C. e, em 17 d.C., foi quase totalmente destruída por um terremoto. Na ocasião em que a carta a Sardes foi escrita, a cidade estava quase morta, porém aparentava estar viva.

Filadélfia, a sexta igreja

A sexta igreja: Filadélfia

"Ao anjo da igreja de Filadélfia escreve: Isto diz o que é santo, o que é verdadeiro, o que tem a chave de Davi. O que abre, e ninguém fecha, e fecha, e ninguém abre:

Conheço as tuas obras. Diante de ti pus uma porta aberta, que ninguém pode fechar. Sei que tens pouca força, entretanto guardaste a minha palavra e não negaste o meu nome.

Farei aos da sinagoga de Satanás, aos que se dizem judeus, e não o são — mas mentem —, farei que venham, e adorem prostrados a teus pés, e saibam que eu te amo.

Visto que guardaste a palavra da minha perseverança, também eu te guardarei da hora da tribulação que há de vir sobre todo o mundo, para provar os que habitam sobre a Terra."

Ap 3:7-10

O período que se seguiu ao dos reformadores foi realmente uma época em que, embora com as lutas e perseguições, uma nova suavidade começou a ser vista nos corações humanos. A igreja secular dos papas teve aos poucos que se curvar à nova religião, a dos reformadores, que se mantinha, apesar das perseguições, aguardando o momento propício para o advento do Consolador.

A Noite de São Bartolomeu, a Revolução Francesa e tantos outros capítulos sangrentos da história humana não conseguiram pôr fim à fé do povo, que se rebelava contra o domínio de consciências que o papado exercia.

Roma estava definitivamente abalada, e não adiantava mais pôr em prática o domínio de reis e governantes, pois a nova visão dos reformadores conseguia, aos poucos, romper com as pretensões de Roma. O caminho estava sendo preparado para a chegada da doutrina consoladora.

A Igreja romana se curvava ante a fé dos novos seguidores da Reforma, e, mesmo na hora grave alardeada pela profecia, da "tribulação que há de vir sobre todo o mundo" — como na Noite de São Bartolomeu, na Inquisição, nas mortes e assassinatos levados a termo na Revolução Francesa —, os seguidores de Jesus seriam amparados. Do mesmo modo como ocorreu outrora, na época do cristianismo primitivo, o sangue derramado dos mártires seria semelhante a sementes espalhadas ao vento. Onde quer que caíssem, brotavam, portadoras da mensagem abençoada do Evangelho, que finalmente saía das sombras para a luz e fazia despertar a Terra da longa era de trevas, sono e letargia espirituais.

FILADÉLFIA situava-se em um importante vale, sobre o qual passava importante estrada. Seu nome é proveniente do epíteto concedido a Attalus (159-138 a.C.), que, por sua lealdade ao seu irmão Eumenes, recebeu o qualificativo de "amoroso, fraternal". Filadélfia significa amor fraternal. Fundada para ser um centro de expansão da língua e dos costumes gregos em Lídia e Frígia, era uma cidade onde os cristãos tinham uma característica missionária.

O convite à meditação e ao arrependimento em Laodicéia [cf. Ap 3:19]

A sétima igreja: Laodicéia

"Ao anjo da igreja de Laodicéia escreve: Isto diz o Amém, a testemunha fiel e verdadeira, o princípio da criação de Deus:

Conheço as tuas obras, que nem és frio nem quente. Quem dera fosses frio ou quente!

Assim, porque és morno, e não és frio nem quente, vomitar-te-ei da minha boca.

Dizes: Rico sou, e estou enriquecido, e de nada tenho falta. Mas não sabes que és um coitado, e miserável, e pobre, e cego, e nu.

Aconselho-te que de mim compres ouro refinado no fogo, para que te enriqueças; e vestes brancas, para que te vistas, e não seja manifesta a vergonha da tua nudez; e colírio, para ungires os teus olhos, a fim de que vejas.

Eu repreendo e castigo a todos quantos amo. Portanto, sê zeloso, e arrepende-te.

Ap 3:14-19

Esta é a mensagem destinada aos últimos trabalhadores ou os trabalhadores da última hora [cf. Mt 20:8]. A acusação aqui não é a de que tenham se corrompido com outras doutrinas ou que tenham feito aliança com os poderes do mundo.

A mensagem indica a situação espiritual do último período da igreja, ou da comunidade cristã, e representa muito bem o moderno movimento espiritualista como a última fase da igreja na Terra, antes do estabelecimento de um mundo de regeneração.

A situação é comparada à água morna. Uma situação de apatia e uma aparente letargia espiritual que ameaça dominar as consciências daqueles que julgam possuir muito, em termos espirituais. Com o conhecimento da vida espiritual, da reencarnação, da mediunidade e de outros princípios basilares que foram restaurados com a vinda do Consolador, os modernos seguidores do Cristo julgam estar enriquecidos com seus conhecimentos e não necessitar de maior profundidade.

A mensagem, no entanto, é taxativa: "és um coitado [ou desgraçado], e miserável, e pobre, e cego, e nu" (Ap 3:17). O simples conhecimento de verdades transcendentais não nos faz melhores. Há que interiorizar os valores adquiridos, modificar as disposições íntimas e desenvolver a consciência da fraternidade, a fim de ser verdadeiramente seguidor do Cristo.

LAODICÉIA era vizinha de fontes de águas termais, fato que lhe conferia características especiais. A cidade tinha projeção por diversas razões. Primeiramente, havia lá uma reconhecida escola de medicina, que, entre outras coisas, produzia um excelente remédio para visão; em segundo lugar, possuía importante tecelagem de roupas de lã negra e macia, oriunda das ovelhas do vale; além disso, era riquíssima, pois situava-se no entroncamento de três importantes estradas. Possuía população rica e abastada.

Um certo marasmo, uma letargia espiritual, parece caracterizar esse período denominado *Laodicéia*, o qual representa a fase espiritualista da comunidade cristã atual. O orgulho de serem detentores de verdades elevadas faz com que os modernos seguidores do bem sejam comparados com a água morna, sem sabor e indigesta.

É necessário acordar da cegueira produzida pela pretensão de dirigentes espíritas e espiritualistas e conscientizar-se da necessidade de dinamizar o movimento, de desenvolver valores morais verdadeiros, de descobrir o potencial adormecido em cada um.

Conforme podemos notar, a repreensão contida na mensagem profética é baseada no amor e se manifesta como correção ou reeducação das almas (cf. Ap 3:19). Eis o sentido das advertências do Plano Superior em relação aos seguidores de Jesus, de todas as épocas.

PARTE II
O LIVRO SELADO

A VISÃO SIDERAL

CAPÍTULO 3
[Ap 4]

"Depois destas coisas, olhei, e vi que estava uma porta aberta no céu, e a primeira voz que ouvi, como de som de trombeta falando comigo, disse: Sobe para aqui, e te mostrarei as coisas que depois destas devem acontecer.

Imediatamente fui arrebatado em espírito, e um trono estava posto no céu, e alguém assentado sobre o trono."

Ap 4:1-2

Após os conselhos dirigidos às comunidades cristãs em todas as épocas da humanidade, o apóstolo João é convidado a presenciar um acontecimento que se realiza em plano superior àquele em que se encontrava. A determinação — "Sobe para aqui" (Ap 4:1) — e o fato de que o apóstolo-médium foi "arrebatado em espírito" (Ap 4:2) indicam a elevação do mensageiro espiritual que intervém. Proveniente de uma dimensão mais elevada, ele daria a João condições de observar, em desdobramento astral, o que o aguardava.

O momento era dos mais solenes. O mensageiro sideral, utilizando-se de seu intenso magnetismo, conduz João para fora do corpo físico, que, em sua estrutura, oferecia imensos obstáculos à expansão consciencial — condição esta necessária para captar as elevadas vibrações e os conhecimentos delas decorrentes, que deveriam ser transmitidos à posteridade.

Os 24 Anciãos

O apóstolo se vê diante de uma reunião em que representantes do Governo Sideral se encontravam presentes. A solenidade presenciada por João é de magna importância para aqueles que queiram integrar-se à conscientização cósmica da humanidade. É algo que se deve compreender em sua amplitude e profundidade, pois interessa aos habitantes do planeta Terra, principalmente nesta hora de dificuldades coletivas que preparam a gestação de um novo mundo.

Diz o texto bíblico:

> "Ao redor do trono também havia vinte e quatro tronos, e vi assentados sobre os tronos vinte e quatro anciãos, vestidos de branco, que tinham nas suas cabeças coroas de ouro."
>
> Ap 4:4

Logo a seguir, a narrativa informa que os 24 anciãos se encontravam diante de alguém que lhes era superior moralmente — tudo indica ser este alguém o representante da divindade para aquela comunidade de espíritos puros. O grau de evolução alcançado por esse Alto Representante não pode ser mensurado em termos humanos. O aspecto do líder dessa assembléia é tão solene que João vê refletida, em todas as cores do arco-íris, a luz que dele emana: "e ao redor do trono havia um arco-íris semelhante, na aparência, à esmeralda" (Ap 4:3).

O termo *anciãos* ou *mais antigos*, utilizado para referir-se aos membros da assembléia sublime, indica-nos a idade sideral desses representantes máximos dos diversos mundos que compõem o concerto sideral: são os espíritos que orientam os destinos das humanidades, sob o influxo da mente do Cristo

Aquele que está sentado no trono e os 24 anciãos [cf. Ap 4:4]

cósmico. Ostentam eles "coroas de ouro" (Ap 4:4) ou auréolas sobre suas cabeças, simbolizando sua ascendência ou autoridade sobre os povos da Terra; o apóstolo vidente percebe suas auras e emanações "como que um mar de vidro, semelhante ao cristal" (Ap 4:6).

João obviamente está diante de um encontro dos dirigentes espirituais dos destinos da humanidade. Ao se reunirem, como revela a profecia, demonstram que nenhum acontecimento histórico escapa-lhes ao conhecimento e que todos os lances da história humana estão sob o completo domínio de suas consciências, iluminadas pelo bem imortal.

Primeiramente, reuniram-se no início dos tempos para organizarem o sistema de evolução planetária, há milhões de anos, quando a Terra ainda não se firmara no espaço, recém-saída das forças titânicas da nebulosa solar. Naqueles tempos, conta-nos a tradição do mundo espiritual, definiram as bases sobre as quais se orientaria a evolução da vida no planeta Terra, sob a orientação amorável do Cristo.

A assembléia dos espíritos cristificados reuniu-se novamente, nas proximidades da Terra, quando, há 2 mil anos, Jesus assumiu o corpo físico, de carne, para legar ao mundo a maior lição de amor como jamais houve sobre a face do planeta.

Agora, no entanto, o vidente recebe a notícia de uma nova reunião desses espíritos sublimes, que decidiriam a respeito da nova etapa evolutiva pela qual a Terra passaria.

A ação sideral e o parto cósmico

Desde épocas remotas o homem terrestre é visitado

pelos seus irmãos de outras terras do espaço, nunca se encontrando sozinho no ninho cósmico que ampara sua evolução. Inegavelmente, porém, esses representantes de outras humanidades siderais esperam que o homem terreno desenvolva a consciência cósmica e os altos padrões de fraternidade e amor, a fim de que possa ascender às estrelas e participar da comunidade dos representantes de diversos mundos, a qual aguarda a renovação da Terra em um mundo melhor.

> "Então olhei, e ouvi a voz de muitos anjos ao redor do trono, e dos seres viventes, e dos anciãos; e o número deles era milhões de milhões e milhares de milhares".
>
> Ap 5:11

Uma vez mais descreve-se com clareza o encontro de almas já redimidas, que, tal qual os 24 anciãos, reúnem-se com autoridade, pois estão *diante do trono* e *assentadas em tronos* (cf. Ap 4:4). Entre os judeus, o trono era símbolo de autoridade suprema. Os espíritos sublimes se reúnem para auxiliar no momento de transição pelo qual passará a Terra.

Numa linguagem poética, de intensa beleza, João proclama a sintonia desses espíritos com os planos cósmicos da vida:

> "(...) os vinte e quatro anciãos prostravam-se diante do que estava assentado sobre o trono, e adoravam ao que vive para todo o sempre, e lançavam as suas coroas diante do trono".
>
> Ap 4:10

Fala-nos que, mesmo nos planos ou dimensões superiores da vida, as consciências evoluídas não permanecem ociosas: "Não descansam nem de dia nem de noite" (Ap 4:8), pois se mantêm ocupadas constantemente, no trabalho digno de auxiliar na administração dos mundos.

Se a Terra fosse abandonada à ação do homem, com certeza há muito ele a teria destruído com seus recursos e criações belicosas. No entanto, a bondade divina permite que os irmãos mais velhos da humanidade intervenham no momento oportuno, auxiliando o ser humano na dificuldade em que vive.

As guerras, as bombas, as agressões à natureza e o clamor de milhares de vidas afetam em larga escala a morada cósmica. Liberadas pelo morticínio que o homem promove, cargas mentais tóxicas e quantidades imensas de ectoplasma são lançadas na atmosfera psíquica do mundo, abalando as estruturas hiperfísicas do planeta. Impõe-se, assim, a necessidade uma ação saneadora geral, conduzida diretamente pelos responsáveis espirituais que orientam os destinos da Terra. Com vistas a promover a limpeza psíquica e física do ambiente planetário, tal ação higienizadora poderá determinar uma cota mais intensa de dor e sofrimento, nas provações coletivas que aguardam o mundo. É certo, porém, que essa dor e esse sofrimento serão tão-somente o prenúncio de um novo dia, de uma nova era, em que nascerão na Terra a nova consciência e o novo homem, filho das estrelas.

Observa-se, na visão apocalíptica, o profundo interesse das consciências iluminadas pelo futuro da humanidade terrestre. Quando João descreve coroas sobre as cabeças desses seres, os anciãos, faz uma clara alusão à posição deles ante a humanidade: são governadores de mundos, fazem parte da hierarquia cósmica, como auxiliares da Suprema Consciência, para orientação dos destinos das diversas humanidades. Sua submissão ao Cristo nos indica, com esperança, que nada se processa no mundo sem a direção de misericórdia e de sabedoria daquele que, para nós, é o divino pastor de nossas almas.

Por mais difíceis que sejam os tempos, por mais dores que o futuro reserve, no que tange à justa colheita de seus atos, os homens têm em Jesus a âncora sublime em que confiar. O reconhecimento que esses irmãos maiores têm da supremacia do Cristo, nas questões relativas ao planeta terreno, dá-nos a certeza de que Ele não abandonou o barco cósmico que nos abriga e continua sendo, para todos os espíritos da Terra, o timoneiro divino que guia a nave terrestre ao porto seguro do seu amor.

Nesses tempos que precedem a renovação da Terra, diversas inteligências — os filhos de Deus de outros orbes do espaço — dirigem sua atenção para o terceiro planeta do sistema solar, a fim de ajudar a humanidade nos momentos de crise que se avizinham, os quais funcionam como se fossem dores de parto, quando a mulher está prestes a dar à luz. No caso da humanidade terrena, as dores morais, os conflitos sociais e as catástrofes coletivas são o prenúncio do nascimento de uma nova raça de homens, de uma nova mentalidade.

Os quatro seres viventes

Ainda na mesma visão apocalíptica, é relatada a aparição, no cenário profético, de quatro seres viventes com aspectos diferentes do padrão que se observa no gênero humano da Terra:

> "O primeiro ser era semelhante a um leão, o segundo semelhante a um touro, o terceiro tinha o rosto como de homem, e o quarto era semelhante a uma águia voando.
>
> Os quatro seres viventes tinham, cada um, seis asas, e ao redor, e por dentro, estavam cheios de olhos. (...)

> Quando os seres viventes davam glória, honra e ações de graça ao que estava assentado sobre o trono, ao que vive para todo o sempre".
>
> Ap 4:7-9

Em sua linguagem simbólica, João descreve-os com a aparência semelhante ao touro — ou novilho, em algumas traduções —, ao leão, ao homem e à águia, por falta de termos e recursos em seu vocabulário. Relata, logo a seguir, que esses seres adotam atitude íntima de louvor ao Cristo cósmico; portanto, podem muito bem representar outras humanidades em estágios mais avançados que a Terra. O simples fato de que "davam glória" (Ap 4:9) àquele que se assentava no trono já é suficiente para atestar sua vibração de sintonia com os propósitos elevados da vida.

Com figuras próprias a um ambiente cultural carregado de conotações simbólicas, em que o Apocalipse é concebido, o profeta menciona os seres viventes, de aparências diversas, utilizando-se das imagens que está acostumado a ver no ambiente terrestre para identificá-los. Contudo, fica a impressão séria e elevada de que, mesmo não tendo a forma externa dos habitantes da Terra, os espíritos que os animam são filhos de Deus, sobretudo porque são chamados *seres viventes*.[8]

Mais tarde, tais seres desempenharão importante papel nos acontecimentos cósmicos em que o planeta se verá envolvido, no trabalho de emancipação espiritual e ascensão na escala dos mundos.

---

[8] A simbologia dos quatro seres viventes, como quase tudo que se refere ao Apocalipse, possui diferentes interpretações, que remetem, cada uma, por sua vez, a outros símbolos. No contexto histórico-cultural em que o livro é

escrito, as múltiplas interpretações não são excludentes nem demonstram incoerência, como poderia supor o raciocínio cartesiano. Ao contrário, o fato de as interpretações se entrelaçarem em símbolos recorrentes e fundamentais para a cultura judaico-cristã reforçava, para aqueles a quem João escrevia, seu profundo significado espiritual.

As referências aos antigos profetas são uma constante no cristianismo nascente, e constituíam uma maneira de estabelecer credibilidade perante os fiéis, adeptos do judaísmo. Essa técnica também fora utilizada por Jesus, e não só nas parábolas; imerso no mesmo ambiente cultural que o apóstolo João, anos antes, Jesus fazia remissão a inúmeras profecias dos antigos (Lc 22:37; Jo 13:18; 15:25 etc.). Ao longo de seu ministério, por exemplo, reafirmou seu *status* de Filho do Homem citando as previsões acerca da vinda do Messias, à medida que lhes dava cumprimento, assim como fizeram também os evangelistas (Mt 2:17-18,23; 4:14-15; Mc 15:28; Lc 4:21; 18-31 etc.).

Estêvão apresenta uma das interpretações possíveis à figura dos quatro seres viventes, levando em conta esse fato — isto é: o texto bíblico simboliza verdades diversas, e esse aspecto, entre outros fatores, atesta sua procedência elevada. E o faz em absoluta consonância com o ensinamento trazido pela doutrina espírita, que elucida o sentido das palavras do Cristo: "Na casa de meu Pai há muitas moradas" (Jo 14:2), comentadas no capítulo 3 de *O Evangelho segundo o espiritismo*. (Também de Allan Kardec, ver ainda *O livro dos espíritos*, itens 55 a 58.) A visão apresentada por Estêvão baseia-se, portanto, na pluralidade dos mundos habitados e no princípio de que as comunidades estelares estão interligadas.

Ainda no que se refere às demais interpretações dos quatro seres viventes do Apocalipse, Estêvão comenta, na edição original desta obra: "Igualmente representam os quatro evangelistas, que legaram ao mundo a mensagem escrita dos ensinos do Salvador".

Por fim, vale a pena reproduzir os comentários esclarecedores da *Bíblia de Jerusalém* (ed. Paulus, 2002): "Simbolismo inspirado em Ez 1:5-21. Estes Seres vivos são os quatro anjos que presidem o governo do mundo físico (cf. Ez 1:20): quatro é o número cósmico (os pontos cardeais, os ventos; cf. Ap 7:1) [...]. Suas formas — leão, novilho, homem, águia — representam o que há de mais nobre, de mais forte, de mais sábio, de mais ágil na criação. Desde Santo Ireneu *a tradição cristã viu neles o símbolo dos quatro evangelistas*" (p. 2146-7 — grifo nosso, que coincide com afirmações do autor espiritual).

O LIVRO DOS DESTINOS

CAPÍTULO 4

[Ap 5]

"Vi na mão direita do que estava assentado sobre o trono um livro escrito por dentro e por fora, selado com sete selos.

Vi também um anjo forte, bradando com grande voz: Quem é digno de abrir o livro, e de lhe romper os selos?

E ninguém no céu, nem na terra, nem debaixo da terra, podia abrir o livro, nem olhar para ele.

E eu chorava muito, porque ninguém fora achado digno de abrir o livro, nem de o ler, nem de olhar para ele.

Ap 5:1-4

No desdobramento experimentado por João na ilha de Patmos, ele foi conduzido a outra dimensão da vida, onde lhe foi ampliada a segunda vista[9] e pôde observar os fatos registrados nos planos superiores, a respeito dos acontecimentos que se realizariam em diversas épocas da humanidade.

Por mais claros que se revelassem ao profeta os acon-

---

[9] Faculdade relacionada com a clarividência e a expansão da consciência através do *desdobramento astral* ou, na nomenclatura kardequiana, *sonambulismo*. "É a vista da alma", segundo definem os espíritos, com simplicidade magistral. (Ver itens 447 a 455 de *O livro dos espíritos*, de Allan Kardec. Em *A gênese*, o fenômeno é estudado considerando-se, inclusive, sua manifestação em Jesus de Nazaré.)

tecimentos mundiais, ser-lhe-ia impossível a descrição fiel desses fatos, pois faltavam-lhe termos adequados para a comparação necessária.

João utiliza-se, então, da linguagem simbólica, tão comum ao seu povo. O próprio Jesus havia se utilizado do simbolismo das parábolas para dedilhar, nas cordas sensíveis do sentimento humano, o hino enaltecedor do Evangelho, como realidade eterna. Profetas como Isaías, Ezequiel e Daniel utilizaram-se também de figuras representativas, transmitindo ao povo de Israel os apelos e alertas do Alto.

Eis que o discípulo amado de Jesus, recorrendo a figuras de linguagem, formas externas, transmite à posteridade lições preciosas a respeito de acontecimentos mundiais, históricos e proféticos.

O profeta tem uma característica peculiar: é um médium, um sensitivo que pode subtrair-se do plano físico, da realidade objetiva, e expandir sua consciência além da dimensão material, penetrando no fluxo das realidades de todas as coisas, de todos os acontecimentos. Sua mente é projetada entre as dimensões e, ao retornar do êxtase ou transe consciencial, traz pálidos lampejos do que presenciou. Muitas vezes não consegue transmitir as imagens, devido ao peso vibratório da matéria, próprio do corpo denso, que amortece as lembranças do sensitivo. Para o médium, muitas vezes, sua faculdade e as limitações que a envolvem são muito naturais.

Sabe-se que a mediunidade se manifesta de formas variadas, mas, segundo o relato do próprio apóstolo no início do livro, ele foi "arrebatado em espírito" (Ap 1:10), ou seja, desdobrado para o plano espiritual, onde o emissário celeste revelou-lhe os acontecimentos.

Vemos, no Apocalipse (Ap 5s), a figura representativa de um livro especial, selado com sete selos.

O livro em todas as épocas foi o símbolo do conhecimento, da sabedoria. Era costume que os reis selassem os documentos importantes com seu próprio selo, significando, com isso, a responsabilidade ante o conteúdo.

A figura utilizada por João é bela, contendo profundo significado. Examinemo-la novamente:

> "Vi na mão direita do que estava assentado sobre o trono um livro escrito por dentro e por fora, selado com sete selos.
>
> Vi também um anjo forte, bradando com grande voz: Quem é digno de abrir o livro, e de lhe romper os selos?"
>
> Ap 5:1-2

Perante a importância do conteúdo, do que seria revelado quanto ao destino da humanidade, era imperioso encontrar alguém que reunisse condições morais suficientes para administrar os destinos do homem com sabedoria.

Aliada à moral elevada, a sabedoria era imprescindível, a fim de que os acontecimentos não fugissem aos limites traçados pelas leis sábias que regem os nossos destinos.

O homem é, na realidade, o único ser que pode forjar o próprio destino, embora esteja restrito aos ditames da soberana lei da vida. Quando, com o uso indevido do livre-arbítrio, ele ameaça a estabilidade geral da obra divina, limites naturais lhe são impostos, a fim de que não interfira negativamente. Deve, nesse caso, se submeter aos preceitos da Lei Maior, que determina, a cada um, colher conforme a semeadura.

O Apocalipse de João, símbolo de conhecimento e sabedoria universais

Quando, em algum lugar no universo, algum ser ou alguma parte se rebela, ou quando por seus atos provoca mudança na ordem natural, entra em ação a lei do carma, que tudo regula, tudo orienta para a harmonia geral.

O homem tem menosprezado por séculos os apelos santificantes que o Alto lhe envia. Em sua ânsia de poder e no orgulho a que se entrega, tem provocado o caos no ambiente em que está situado. Por bondade da Divina Providência, é preciso o saneamento geral do panorama psicofísico do planeta, a fim de torná-lo habitável para uma humanidade mais aperfeiçoada.

Contudo, não é Deus que despejará sua pretensa indignação sobre a morada dos homens; é o próprio homem que acumulou, em si e no ambiente onde se processa sua evolução, os fluidos mórbidos da guerra, da indisciplina, da maledicência, da sensualidade e de todas as formas de paixões que caracterizam sua inferioridade.

A lei da harmonia geral entrará em ação a fim de que sejam expurgados da Terra os elementos que a intoxicam. Essa mesma lei presidirá a queima da carga negativa, acumulada desde milênios pela dor e o sofrimento, como também promoverá a derrocada dos poderes humanos, frágeis ante a inexorabilidade das leis divinas.

Governos, nações, economias, impérios degradantes construídos ao longo dos séculos, instituições religiosas, todas as conquistas e realizações da civilização serão postas sob o fogo ardente dos sofrimentos aguardados neste final de ciclo evolutivo. E aqueles que se encontram sintonizados com o sistema, passarão pelo tanque das lágrimas purificadoras, a fim de expurgarem as ações infelizes e as matrizes mentais inferiores, acumuladas ao longo das suas encarnações.

A noite profunda dos séculos transatos esconde dramas que serão revelados neste *fim dos tempos*. Os atores retornarão ao palco da vida terrestre para colherem os aplausos ou as vaias, as flores ou os espinhos, segundo a vibração íntima de cada um, seja no corpo físico ou fora dele. Como assevera iluminado companheiro espiritual, se a lei nos faculta a liberdade de semear, a inexorabilidade da mesma lei nos obriga a colher, conforme a natureza do que plantamos.

> "Todavia um dos anciãos me disse: Não chores! Olha, o Leão da tribo de Judá, a raiz de Davi, venceu para abrir o livro e os seus sete selos."
>
> Ap 5:5

João, contemplando a realidade triste a que o homem se entregava ao longo de sua peregrinação na crosta planetária, pressente que apenas alguém, detentor de real superioridade moral sobre o homem terreno, possui condições de abrir os sete selos, que mantêm fechado o livro dos destinos da história humana.

Graças a Deus, na visão apocalíptica, o vidente presencia o Mestre assentado sobre o trono, indicando sua posição de governador espiritual do planeta Terra — único em condições de abrir os selos:

> "Então vi, no meio do trono e dos quatro seres viventes, e entre os anciãos, em pé, um Cordeiro, como havendo sido morto (...).
>
> Logo que tomou o livro, os quatro seres viventes e os vinte e quatro anciãos prostraram-se diante do Cordeiro, tendo todos eles uma harpa e taças de ouro cheias de incenso, que são as orações dos santos.
>
> E cantavam um novo cântico, dizendo: Digno és

de tomar o livro, e de abrir os seus selos (...)."

Ap 5:6,8-9

A visão é importantíssima com relação ao futuro planetário, quando mostra a abertura simbólica dos selos.

O fato de que o Divino Cordeiro, figura representativa de Jesus, detém as condições de realizar tal feito, demonstra-nos que, apesar de todas as infelizes realizações humanas — e mesmo diante das calamidades e sofrimentos que talvez possam aguardar o homem terrestre nos últimos momentos que antecedem o raiar de uma nova era —, Jesus permanece segurando as rédeas dos destinos de todos nós que nos achamos comprometidos com a evolução no planeta Terra.

Na linguagem simbólica, a majestade e a soberania de Jesus estão expressas no fato de o profeta ouvir "a voz de muitos anjos ao redor do trono, e dos seres viventes, e dos anciãos" (Ap 5:11), que proclamam sua autoridade e reconhecem ser Ele o único detentor da permissão para abrir os selos. A seguir, "toda criatura que está no céu, e na terra, e debaixo da terra, e no mar, e a todas as coisas que neles há" (Ap 5:13) manifestam que o Cordeiro é quem reúne as condições necessárias para romper os lacres do livro sagrado. Isto é, toda a criação relacionada ao orbe terreno, das coisas aos elevados mensageiros extracorpóreos, declara-se submissa a Jesus e tem nele o diretor dos destinos.

O Divino Timoneiro segura nas mãos os acontecimentos mundiais, necessários à emancipação espiritual dos filhos da Terra. Embora dolorosos, quaisquer acontecimentos são por Ele coordenados, a fim de que não sucumbam aqueles que não têm necessidade, temperando, com sua misericórdia, as manifestações da justiça e da eqüidade.

Jesus é o único capaz de abrir os selos do livro dos destinos por ser Ele o Senhor de nossas vidas, no que concerne aos impositivos de nossa evolução espiritual. No entanto, mesmo detendo o poder de administrar nosso porvir, não pode interferir no curso dos acontecimentos, pois tudo obedece e obedecerá sempre ao preceito divino de que cada um colherá conforme haja plantado.

OS SETE SELOS
E OS QUATRO CAVALEIROS

CAPÍTULO 5
[Ap 6]

> "Vi quando o Cordeiro abriu um dos sete selos,
> e ouvi um dos quatro seres viventes dizer, como
> se fosse voz de trovão: Vem!"
>
> Ap 6:1

O capítulo descreve as cenas da abertura dos selos que lacravam o livro dos destinos da humanidade. A abertura dos sete selos é presenciada pelos "seres viventes", que acompanham com atenção o desenrolar dos acontecimentos da história da Terra. Novamente os fatos históricos se repetem ante a visão espiritual de João, e, em meio à nebulosidade dos símbolos, a Terra é vista sendo visitada por quatro cavaleiros.

Embora a interpretação que damos da visão profética, certamente ela não assume caráter único, mas particular, refletindo a síntese das idéias dos espíritos a respeito de assuntos tão importantes para a humanidade.

Assim é que os quatro cavaleiros do Apocalipse são também projetados em outras épocas da história humana, como sendo a paz, a guerra, a peste e a fome, que ao longo dos tempos têm atormentado a vida dos irmãos de humanidade.

Eis aqui a nossa singela contribuição com uma parcela da interpretação a respeito desse tema tão apaixonante do livro Apocalipse.

O primeiro selo: o cavalo branco

> "Olhei, e vi um cavalo branco. O seu cavaleiro tinha
> um arco, e foi-lhe dada uma coroa, e ele saiu vencendo,
> e para vencer."
>
> Ap 6:2

Os quatro cavaleiros do Apocalipse

Quando o Cordeiro foi abrindo os selos do livro sagrado, um a um, foram vistos os acontecimentos, representados pelos cavaleiros que promoveriam as diversas mudanças no cenário político-social das nações.

A primeira grande mudança é aqui representada pela atuação de um cavaleiro vestido de branco, tendo uma coroa sobre a cabeça, preparado para a batalha. A descrição poética é de que ele saiu "vencendo, e para vencer" (Ap 6:2).

A cor branca do cavaleiro e a coroa que traz, encimando a cabeça, demonstram sua autoridade moral e a pureza que trazia, diferindo dos outros que se lhe seguem.

Ele representa bem a imagem do cristianismo primitivo, na força de sua autoridade moral. Ainda sob a orientação apostólica, os cristãos saíram pelo mundo, vencendo os obstáculos do paganismo e do materialismo, destruindo as velhas concepções do mundo antigo e estabelecendo a verdade evangélica dos ensinamentos de Jesus.

A pureza do branco de que se reveste o cavaleiro é muito representativa, e nada melhor que essa alegoria para ilustrar o período em que os ensinos do Cristo não haviam se maculado ou corrompido com as *doutrinas humanas* e conceitos errôneos que, mais tarde, foram acrescentados ao corpo filosófico do cristianismo.

Naquela época, sob a orientação dos apóstolos, a mensagem cristã modificou os destinos de povos e nações, abalando para sempre os tronos e palácios dos governantes da Terra, e sua luz imorredoura varreu as trevas dos corações dos homens de todos os povos e raças. Esse foi o resultado da ação do primeiro cavaleiro do Apocalipse. Ele saiu com

O primeiro cavaleiro, que saiu "vencendo e para vencer" [Ap 6:2]

a autoridade superior, vencendo e para vencer.

A visão é bastante sugestiva ao apresentar-nos o cavaleiro branco. Qualquer um que observe o resultado da ação evangelística dos cristãos primitivos e a força moral de que se revestiam poderá identificar, aí, o símbolo apocalíptico empregado por João, a fim de indicar as grandes mudanças que ocorreriam no cenário mundial.

A entrada em cena do primeiro cavaleiro pegou de surpresa os poderes do mundo, que julgavam haver apagado a chama dos ensinos de Jesus, quando de sua morte. Regados pela palavra imortal da boa-nova, os cristãos fizeram-nos reconhecer que a força do Cristo não estava radicada nos limites estreitos do corpo físico, do qual se revestiu para o desempenho de sua tarefa sublime; estava, sobretudo, na fortaleza moral de seu ideal, de suas idéias e seus exemplos, que resistiram aos séculos. Tais aspectos imprimiram para todo o sempre, nas frontes daqueles que se sintonizaram com sua mensagem, o selo divino da caridade e da fraternidade — que demonstraram ser a força mais poderosa, capaz de modificar o destino de todo um planeta, como realmente ocorreu.

"E saiu vencendo e para vencer" (Ap 6:2). Com a ação arrojada de Paulo e dos demais seguidores do Cristo, o cristianismo primitivo saiu vencendo povos e nações, sem uso de outra arma que não fosse a caridade, o amor incondicional. Reis e reinos foram profundamente abalados pela avalanche de evangelizadores que, inspirados pelos apóstolos, saíram pelo mundo levando a mensagem cristã a todas as latitudes da Terra.

Sob a ameaça das fogueiras ou da ferocidade dos generais

e exércitos de Roma, os cristãos cumpriram passo a passo sua missão, invadindo os corações dos homens e conquistando consciências. Enquanto modificavam-se as características dos povos da Terra, a própria história foi profundamente afetada sob o influxo e a luz da mensagem cristã.

Naqueles tempos, a mulher era considerada menos que o animal. A escravidão era vista com naturalidade, os inimigos eram tratados de maneira vil, as crianças que nasciam fracas eram sacrificadas pelos pais, a mais simples dissensão era motivo para lapidação, apedrejamento ou linchamento — outorgado pela religião, balizado pelo Estado e para satisfação do gosto popular. A barbárie era a marca comum a todos os povos. Havia muita cultura, mas faltava educação; havia algum conhecimento, mas faltava sabedoria.

A mensagem do cavaleiro branco transformou o destino dos homens, e um sopro vivificante renovou o panorama da vida terrestre. A mensagem e a comunidade cristãs venceram pelo sacrifício, pela abnegação, pelo trabalho e pelo amor de Jesus. Impérios foram estremecidos, e as coroas caíram sob o nome e a doutrina de amor de Jesus. Eis a imagem belíssima e a figura poética do cavaleiro branco.

O segundo selo: o cavalo vermelho

> "Quando o Cordeiro abriu o segundo selo, ouvi o segundo ser vivente dizer: Vem!
>
> Então saiu outro cavalo, vermelho. Ao seu cavaleiro foi dado tirar a paz da Terra para que os homens se matassem uns aos outros. Também lhe foi dada uma grande espada."
>
> Ap 6:3-4

A reação natural daqueles poderosos que se sentiram ameaçados pela filosofia do Evangelho foi, justamente, fazer guerra aos trabalhadores do eterno bem. Primeiramente ocorreram as perseguições desencadeadas no seio das famílias; depois, as guerras declaradas, muitas vezes, em nome de um Deus incompreensível.

Desde a perseguição aos cristãos, realizada no reinado de Diocleciano, os poderes das trevas não têm descansado, tentando eliminar da Terra qualquer expressão de espiritualidade superior. As guerras santas, realizadas pela ordem de papas e bispos que se consideravam detentores do poder de decidir sobre as consciências alheias, ceifaram vidas de milhares. Na Idade Média, os valdenses, os albigenses e tantos outros, perseguidos e assassinados em nome da Igreja, derramaram seu sangue em testemunho de sua fé.

Após a Reforma, milhares de perseguições foram desencadeadas contra aqueles que não se submetiam ao poder papal, culminando com a terrível Noite de São Bartolomeu, em que se pôde ver a atuação mais intensa do cavalo vermelho do Apocalipse.

As guerras em todas as épocas, principalmente aquelas desencadeadas por motivos que se dizem religiosos, têm atestado a inferioridade dos propósitos de seus protagonistas. O clamor dos mártires, dos perseguidos e oprimidos sobe ao Alto como um pedido de reparação e justiça.

A humanidade tem destruído e matado milhões de vidas nos últimos 2 mil anos. Agora, nas décadas de transição entre os milênios, os organizadores dessa sanha terrível, de todas as épocas, retornam ao palco das realizações planetárias, em novas vestes, para colherem o fruto do que plantaram nos últimos milênios da história terrena.

Soldados, generais, governantes do passado e multidões de desequilibrados, que semearam a espada e a carnificina em todas as nações do mundo, revestem-se agora de novas roupas de carne. Nas favelas e nos guetos, renascem nas mais difíceis condições sociais ou econômicas, em países que sofrem a ação da guerra e do extermínio, como forma de se banharem nas chuvas de lágrimas que eles mesmos desencadearam no passado, quando detinham o poder temporal e dele abusaram. Não raro se observa, nos países massacrados da atualidade, o desfile de reis e rainhas, papas e bispos que, em nova reencarnação, mendigam pelas ruas em situações lastimáveis, mas perfeitamente esperadas, diante dos crimes que perpetraram no pretérito.

Comandantes e generais que abusaram da espada são, agora, abusados e pisados pelas autoridades atuais — muitas vezes seus antigos perseguidos —, em resposta à situação dramática que ainda persiste em suas almas.

O estado sanguinário de guerra, caracterizado pelo cavalo e o cavaleiro vermelhos da profecia, reflete bem todas as manifestações beligerantes que são vistas na história humana. O que se chama de civilização não passa de um ajuntamento de espíritos endividados, ainda distante de constituir uma verdadeira comunidade elevada.

A guerra campeia não apenas nas relações sociais entre as nações, mas igualmente entre as pessoas, nas conversações, no seio das famílias e no cotidiano.

Enquanto o homem avalia ter progredido nos últimos

O cavalo vermelho e a espada do segundo cavaleiro [cf. Ap 6:4]

séculos, podemos observar que, sob determinada ótica, ele tão-somente trocou a espada e o bacamarte, o arco e a flecha, por torpedos e bombas nucleares. Permanece, pois, continuamente ligado às expressões da violência, cujas causas estão nas paixões, no orgulho desmedido e no egoísmo desenfreado.

O cavaleiro vermelho ainda não terminou sua jornada sobre o acampamento dos homens. Na profecia, une-se aos outros cavaleiros para completar o ciclo cármico em que será resgatado o último ceitil e cumprido cada ponto da Suprema Lei, que faz com que os homens de todas as épocas retornem para a colheita de seus desvarios e de suas violências.

O terceiro selo: o cavalo negro

> "Quando o Cordeiro abriu o terceiro selo, ouvi o terceiro ser vivente dizer: Vem! Olhei, e vi um cavalo preto. O seu cavaleiro tinha uma balança na mão.
>
> E ouvi uma como que voz no meio dos quatro seres viventes, que dizia: Uma medida de trigo por um denário, e três medidas de cevada por um denário, e não danifiques o azeite e o vinho."
>
> Ap 6:5-6

Preto, a cor das trevas. O signo de um período de ignorância espiritual. A submissão aos poderes do mundo obscurecendo a visão espiritual dos homens. Nada poderá corresponder mais precisamente a esse estado de coisas que o período de fanatismo e de absurdos que dominou a Terra quando os dignitários da Igreja se colocaram como entrave ao progresso da humanidade. Com idéias retrógradas, promoveram a ignorância, numa época em que a ciência se encontrava submissa a uma religião de absurdos teológicos.

Foi no reinado de Constantino, mais exatamente no ano 311 d.C., que o imperador decretou o cristianismo como a religião oficial do império — começa aí o período em que o poder temporal do bispo de Roma seria sacramentado. O papa decidiu admitir, no corpo doutrinário da Igreja, as doutrinas pagãs, até que, em 538 d.C., é dado o golpe final. Consolida-se definitivamente o poder da Igreja sobre as consciências, iniciando-se assim a época da ignorância espiritual da humanidade, o tempo mais negro em termos de espiritualidade. Mais de mil anos de trevas morais, de atraso intelectual, de misticismo e fanatismo religioso, que se estenderam por toda a Idade Média.

O alimento espiritual do Evangelho ficou, nesse período, cada vez mais escasso. Poucos tinham acesso às letras dos ensinos apostólicos, e a arrogância e prepotência dos pontífices romanos foram apagando a esperança e a fé verdadeira de milhares de seres humanos em todos os países do mundo. Nesse período tenebroso, a Igreja, fortalecida pelo poder temporal, firmou-se na decisão de afastar e relegar às bibliotecas escuras os ensinos do Mestre.

Trevas morais. Trevas espirituais. É exatamente esse o tempo em que, a partir do quarto século, as doutrinas humanas e filosofias substituem, na Igreja, a palavra singela do Evangelho. O manto negro de uma noite profunda cobriu a história das civilizações. Mesmo com os avisos e apelos constantes do Alto, através dos mensageiros que reencarnaram na Terra, como Francisco de Assis, João da Cruz ou Tereza d'Ávila, as trevas da ignorância predominaram ainda por séculos e séculos, até os preparativos para a vinda do Consolador, que fizeram nova

O cavalo negro e a balança do terceiro cavaleiro [cf. Ap 6:5]

luz nas mentes e corações humanos.

Hoje, igualmente, embora com as luzes que lhe chegam do Alto, o homem contemporâneo conserva-se perdido em meio a trevas interiores — a fome e a sede de Deus matam muitas esperanças e sonhos de felicidade.

Além dessa interpretação e da conotação moral das questões a que nos referimos, o significado literal do cavaleiro preto indica também um período, não muito distante, em que o planeta Terra conviverá com dificuldades materiais. Caso não tenham em si os valores espirituais e fundamentos morais consolidados, tais acontecimentos poderão levar muitos homens ao desespero[10].

Todos os profetas, em todas as épocas, foram unânimes em afirmar a aproximação de um corpo celeste que irá influenciar a vida na Terra de maneira mais intensa. A aproximação desse corpo poderá produzir um caos momentâneo e um período de escuridão sobre a Terra, resultante de sua posição no espaço, que impedirá a passagem de raios solares. Esse visitante sideral provocará em muitos o desespero, pois sua vinda só será detectada pelos cientistas da Terra quando estiver bem próximo.

---

[10] O chamado sermão profético ou discurso escatológico proferido por Jesus (Mt 24:1-51; Mc 13:1-37; Lc 21:5-36) ilustra esses tempos de angústia que precedem a chegada de um novo tempo. Na narrativa de Mateus, o evangelista faz referência textual a Daniel (Dn 9:27; 12:1), que também já havia mencionado esse tempo de *grande tribulação*, assim como outros profetas. Quanto ao desespero que ameaça dominar os homens, a que o espírito Estêvão faz alusão, vale reproduzir o texto de Mateus (similar a Mc 13:20), que dá uma dimensão da gravidade do momento: "Se aqueles dias não fossem abreviados, nenhuma carne se salvaria, mas por causa dos escolhidos serão abreviados aqueles dias" (Mt 24:22).

Sua influência, aliada à ignorância da população, fará parecer o fim do mundo, segundo as fantasias de muitos, enquanto o caos se estabelecerá em diversas comunidades terrestres.

Mas esse não será o fim. A fome e as revoltas sociais mostrarão a verdadeira condição interior das pessoas. A cultura adquirida e o verniz das convenções sociais serão postos à prova, e as pessoas evidenciarão aquilo que genuinamente são, diante de provas coletivas e situações mais difíceis que reinarão na Terra.

Nesse período de verdadeiras trevas da moralidade — em que o homem terreno se afasta dos princípios morais e no qual as questões espirituais são submetidas a interesses imediatistas — as reais estrelas brilharão e mostrarão sua luz. Será na hora do sofrimento que se farão notar aqueles que de fato pautam suas vidas pelo Evangelho do Senhor.

A época de escassez de alimento (cf. Ap 6:6) exigirá cautela e prudência, para que muitos não sucumbam pela fome e não se degradem pelos comportamentos desequilibrados. Como no passado, ainda uma vez mais a fome e as trevas morais marcarão o novo ciclo do cavaleiro negro na história da humanidade. É necessário precaver-se novamente, pois o círculo está se fechando, a fim de que a Terra possa adentrar a nova etapa de vida, junto à comunidade sideral.

O quarto selo: o cavalo amarelo

> "Quando o Cordeiro abriu o quarto selo, ouvi a voz do quarto ser vivente, que dizia: Vem!
>
> Olhei, e vi um cavalo amarelo[11]. O seu cavaleiro chamava-se Morte, e o Inferno o seguia. Foi-lhes dado poder sobre a quarta parte da Terra para matar

com a espada, com a fome, com a peste e com as feras da Terra."

Ap 6:7-8

Amarelo pálido, lívido, é a cor da morte. No que se refere ao passado, o período descrito pela profecia caracterizou-se como a morte espiritual dos homens, após o afastamento da moral do Cristo. Um período que se seguiu às trevas da ignorância, ao cavalo negro. Mas a simbologia contida no quarto selo igualmente demonstra as espécies de provações que aguardam os habitantes da Terra.

Na Idade Média, a fome e a peste dizimaram mais da metade da população de vários países da Europa. As perseguições na Noite de São Bartolomeu e as vidas ceifadas na Revolução Francesa e nas guerras napoleônicas conseguiram afetar profundamente a situação dos países europeus, o então mundo conhecido. E o sangue de milhares de vítimas da crueldade humana foi acompanhado da marcha fúnebre do quarto cavaleiro do Apocalipse, que ainda ronda o acampamento terrícola da humanidade.

Ao observar o passado histórico, podemos ver como todos esses lances foram revelados ao profeta de Patmos, de forma a alertar as gerações futuras quanto aos acontecimentos som-

---

[11] Algumas traduções bíblicas, como a *Bíblia de Jerusalém* (ed. Paulus, 2002), registram "cavalo esverdeado", interpretando que seja assim porque essa é a cor dos cadáveres, especialmente na morte causada pela peste. Optamos pela tradução mais consagrada, "amarelo", que também foi a opção original do autor espiritual. De todo modo, como se pode perceber, a interpretação da simbologia é a mesma nos dois casos: o quarto cavaleiro é o cavaleiro da morte.

O quarto cavaleiro: o cavaleiro da morte [cf. Ap 6:8]

brios que iriam se abater sobre os homens, caso se distanciassem do bem eterno. A profecia não tem o caráter fatalista. É, antes de tudo, um alerta para o que pode suceder, levando-se em conta o atual caminho palmilhado pela humanidade. É uma luz em meio às trevas, dando oportunidade para que os homens possam refazer sua caminhada.

Por outro lado, se o passado encontra-se muito distante para que visualizemos a ação dos quatro cavaleiros apocalípticos, convidamos os nossos irmãos a lançar o olhar em volta de si. Que não esperem grandes comoções e acontecimentos miraculosos, pois, em muitos lugares, neste exato momento, o cavaleiro amarelo passa com sua influência, espalhando a fome, a peste, a espada e o sofrimento. Em muitos países e — quem sabe? — ao lado de cada um, o objetivo da mensagem revelada pelo quarto selo é despertar o homem da letargia espiritual que ameaça dominar a todos. Que o ser humano, os governos e os que se julgam poderosos possam ouvir o cavalo da morte, que ronda a galope o acampamento terreno, e retornar ao caminho do bem, da justiça e da eqüidade.

O alerta é dado aos habitantes da Terra e ninguém, absolutamente ninguém, tem o direito de dizer que está ignorante dessas questões de magno interesse para o futuro de todos.[12]

A marcha dos cavaleiros prossegue em torno da morada dos homens, e somente o próprio homem poderá decidir quando

---

[12] A afirmação taxativa do espírito Estêvão faz recordar a severidade com que Abrãao trata o rico que desprezara Lázaro, que mendigava à sua porta (Lc 16:19-31). Na parábola de Jesus, ao perceber que sua conduta egoísta havia sido sua ruína, e diante da inexorabilidade de sua sentença, o rico roga

essa caminhada terminará. Em sua essência, a força dos quatro cavaleiros e suas conseqüências, bem como tudo que tal simbologia representa, está radicada no próprio ser humano, em suas tendências e em sua situação moral. Somente em sua vida, seus posicionamentos e realizações está a força capaz de deter e modificar para sempre a situação reinante. É um alerta final. A oportunidade que não poderá ser menosprezada.

O quinto selo: os mártires

> "Quando ele abriu o quinto selo, vi debaixo do altar as almas dos que foram mortos por causa da palavra de Deus e por causa do testemunho que deram.
>
> E clamavam com grande voz, dizendo: Até quando, ó verdadeiro e santo Soberano, não julgas e vingas o nosso sangue dos que habitam sobre a Terra?
>
> E foram dadas a cada um deles compridas vestes brancas, e foi-lhes dito que repousassem ainda por pouco tempo, até que se completasse o número de seus conservos e seus irmãos, que haviam de ser mortos, como também eles foram."
>
> Ap 6:9-11

O clamor dos mártires. Quantas lutas, quantas guerras e perseguições não foram movidas contra aqueles que defenderam os princípios do Alto? Onde procurassem refúgio, os seguidores do Evangelho eram caçados como animais e presas.

---

ao pai dos judeus que envie algum dos mortos para ter com sua família e preveni-lhes quanto ao futuro que os aguardava. Abrãao recomenda que escutem os profetas e, como se o rico insistisse, recusa-lhe terminantemente o pedido: "Se não ouvem a Moisés e os profetas, tampouco acreditarão, *ainda que algum dos mortos volte à vida*" (Lc 16:31 — grifo nosso).

Seu esconderijo era nas catacumbas e nos lugares ermos. As perseguições, iniciadas no governo de Nero [54-68 d.C], na época do cristianismo nascente, continuaram pelos séculos seguintes, tornando os verdadeiros cristãos, em vários países, objeto da fúria e da insensatez de governos e populações.

As trevas tentaram todos os esforços para a destruição das testemunhas do Cristo, e as catacumbas eram a segurança dos perseguidos. Relata o apóstolo Paulo:

> "Foram apedrejados; foram tentados; foram serrados pelo meio; foram mortos ao fio da espada. Andaram vestidos de peles de ovelhas e de cabras, necessitados, aflitos e maltratados (dos quais o mundo não era digno), errantes pelos desertos e montes, e pelas covas e cavernas da Terra."
>
> Hb 11:37-38

Disse certa vez um amigo, perseguido pela causa cristã:

> "Podeis torturar-nos, matar-nos ou simplesmente condenar-nos... A vossa injustiça é nossa prova de inocência. Quanto mais somos mortos, tanto mais crescemos em número; o sangue dos cristãos é semente."
>
> *Apologia*, de Tertuliano, parágrafo 50.

De desequilíbrio em desequilíbrio, os perseguidores foram ceifando vidas de milhares; porém, quanto mais perseguiam, mais cristãos surgiam como fruto abençoado do testemunho dos mártires.

Toda a perseguição foi e é movida pelo fato de que os ideais defendidos pelos seguidores do Cristo falam contra o estilo de vida adotado por muitos. Não há como unir os interesses de Cristo com os de César: conservar os pés no caminho do bem e do equilíbrio e as mãos enlameadas no mundo[13]. Há que se

O quinto selo: o clamor dos mártires

fazer uma opção, e a adesão a um desses princípios anulará automaticamente o outro.

Sempre houve duas classes entre aqueles que dizem seguir a Jesus. Uma é aquela que estuda, trabalha e procura reformar-se interiormente, adotando o Divino Mestre como modelo. A outra é composta por aqueles que desejam contemporizar com o mundo. Nas comunidades religiosas, em todos os tempos, e mesmo agora, nos núcleos mais espiritualizados, não se encontram apenas os puros e sinceros. Aqueles que voluntariamente são condescendentes com o desequilíbrio, a indisciplina, a maledicência; que se conservam com um pé no mundo — e pretendem ter o outro no reino do céu — não são os verdadeiros seguidores do bem.

Com efeito, o Divino Amigo convidou, para compor sua igreja, aqueles falhos de caráter, portadores de determinados desequilíbrios, justamente para que tenham a oportunidade de conviver com seu exemplo e *modificar-se*. Mas desde os primeiros tempos do cristianismo, essa classe de pseudo-religiosos e falsos seguidores do bem sente-se incomodada com aqueles que querem acertar, que procuram copiar o Divino Modelo. Insurgem-se contra eles, classificando-os de fanáticos e extremistas, porque tais pseudocristãos ainda não amadureceram o suficiente para fazer a opção definitiva pelo Cristo. Por conseguinte, promovem perseguição contra qualquer um que tenha optado por empreender o caminho estreito.

---

[13] É interessante conhecer mais profundamente a posição espírita sobre esse tópico — geralmente tratado com rigor pelos espíritos —, expressa com clareza no texto intitulado "Homem do mundo", em *O Evangelho segundo o espiritismo*, de Allan Kardec (cap. 17: Sede perfeitos).

Todavia, os séculos passam, e o clamor dos mártires sobe da Terra:

> "Bem-aventurados sois vós, quando vos injuriarem e perseguirem e, mentindo, disserem todo o mal contra vós por minha causa.
>
> Regozijai-vos e alegrai-vos, porque grande é o vosso galardão nos céus, pois assim perseguiram aos profetas que foram antes de vós."
>
> Mt 5:11-12

A lei divina da reencarnação trará, ao palco da vida terrena, os perseguidores de então, e estes terão a oportunidade de reeducação e retomada do caminho reto. Porém, que tenham consciência: não ficará um único til da lei que não seja cumprido, e a lei determina que cada um colherá os frutos do que houver semeado.

Muitos, uma multidão, estão agora no corpo físico, em situações dolorosas, como resultado da lei de ação e reação — resgatam assim, sob o fardo de duras provas, aquilo que no passado impuseram aos cristãos e demais seguidores do bem. Inúmeros dramas atuais, embora comovam muita gente, guardam sua gênese no passado, ocasião em que seus protagonistas assassinaram, vitimaram e difamaram os representantes do Alto, em diversos séculos de perseguição atroz. Eis o clamor dos mártires de todos os tempos, que encontra seu eco nas penas e sofrimentos dolorosos impostos a antigos verdugos e algozes, por força da lei e por exigência de suas próprias consciências culpadas.

> "Bem-aventurados os que têm fome e sede de justiça, porque eles serão fartos.

> Bem-aventurados os que sofrem perseguição por causa da justiça, porque deles é o reino dos céus."
>
> Mt 5:6,10

O sexto selo: sinais na terra e no céu

> "Olhei enquanto ele abria o sexto selo. Houve um grande terremoto. O sol tornou-se negro como saco de cilício, e a lua tornou-se como sangue.
>
> As estrelas do céu caíram sobre a Terra, como quando a figueira, sacudida por um vento forte, deixa cair os seus figos verdes.
>
> O céu recolheu-se como um pergaminho quando se enrola, e todos os montes e ilhas foram removidos dos seus lugares.
>
> Os reis da Terra, os grandes, os chefes militares, os ricos, os poderosos e todo escravo e todo livre se esconderam nas cavernas e nos penhascos dos montes,
>
> e diziam aos montes e aos rochedos: Caí sobre nós, e escondei-nos do rosto daquele que está assentado sobre o trono, e da ira do Cordeiro!
>
> Pois é vindo o grande dia da ira deles, e quem poderá subsistir?"
>
> Ap 6:12-17

As grandes comoções que se darão na Terra levarão muitos a pensar que se trata da ira de Deus se abatendo sobre a humanidade. Tal cogitação resulta de uma falsa idéia a respeito da Providência e da própria natureza.

Há milhares de séculos, a Terra foi atingida por um astro que causou a mudança em seu eixo imaginário. Na época, esse impacto provocou a submersão de diversas ilhas e de terras de dimensões continentais, deixando o planeta com a atual conformação geográfica e geológica. A própria situação climática do mundo é reflexo da orientação excêntrica de seu eixo, desde então inclinado.

Os grandes eventos cósmicos não acontecem por acaso, pois são previstos no grande plano universal; nada ocorre no seio da criação, tanto no micro como no macrocosmo, sem que os administradores siderais o saibam.

Transcorreram-se eras, e novamente a aproximação de um astro haverá de interferir na estabilidade da Terra. Nos primeiros momentos, apenas do ponto de vista magnético se haverá de notar sua influência, no tocante às alterações climáticas, ao derretimento das calotas polares, e algumas outras mudanças que ocorrerão na superfície planetária, como desde já se observa em muitas regiões. Em seguida, a proximidade do corpo intruso haverá de influenciar mais intensamente o mundo, de tal maneira que a própria estrutura dos continentes sofrerá modificações. Enquanto isso, outras terras, submersas há milhares e milhares de anos, aos poucos virão à tona. Ermergirão dos mares e oceanos, oferecendo condições mais propícias para a habitação dos seres humanos.

As radiações disseminadas na atmosfera da Terra, através dos experimentos nucleares, gradativamente farão sentir seus efeitos, provocando alterações climáticas e contribuindo também para a mudança lenta do panorama mundial. O próprio tipo biológico humano se adaptará para sobreviver ao clima e às radiações, que aos poucos invadem o planeta, pela própria imprevidência dos seus habitantes. Por processos dolorosos, os homens terrestres poderão até adaptar-se ao novo meio ambiente, mas é imperativo transformar a atitude para com a morada planetária, a fim de preservar a natureza e a vida humana.

Diante de testes nucleares e possíveis guerras, munidos dos recursos de que dispõem e que inventam constantemente, os cientistas constroem abrigos subterrâneos para preservarem de um possível extermínio o que chamam de "a nata da sociedade". Mas, ante os eventos previstos pelos profetas de todas as épocas e principalmente por João, no Apocalipse, serão inúteis esses preparativos, em vista da intensidade de certos acontecimentos. É a colheita certa das sementeiras de dor e sofrimento que os homens semearam no mundo.

Na Terra permanecerão não aqueles que querem, mas os que estiverem com disposições íntimas compatíveis com um mundo de regeneração, na definição dada por Allan Kardec. Quanto àqueles que acreditam que os eventos apocalípticos destruirão a vida no planeta, é bom saber que, uma vez previstos, é porque estão sob o controle do Governante Supremo do mundo: Jesus. Embora esses momentos difíceis possam manifestar-se naturalmente, Ele, o Mestre, permanece Senhor de todos nós, e a Terra, após as comoções do parto, será renovada para a habitação de uma humanidade mais feliz.

Com as constantes ameaças de guerra, de um possível extermínio ou da aproximação de algum astro que poderá interferir na órbita da Terra, os "reis da Terra, os grandes, os chefes militares, os ricos, os poderosos" (Ap 6:15) poderão supor-se ao abrigo em seus sofisticados *bunkers* ou escondidos sob as cavernas e rochas esculpidas em montanhas. Contudo, ficarão decepcionados — assim como quaisquer habitantes:

"todo escravo e todo livre" (idem) —, pois eventos anunciados visam exatamente a expurgar o mundo da presença de corruptos, marginais, violentos, bárbaros, sensuais, sexólatras, egoístas e todos quantos se sintonizam com o sistema reinante (cf. Ap 22:15).

Embora o clamor do desespero possa subir dessa multidão de almas desajustadas, elas serão banidas e expatriadas para mundos distantes, a fim de não mais prejudicarem o planeta com suas insânias e desequilíbrios. Ricos e poderosos, religiosos que abusaram de seu prestígio e posição, falsos moralistas — mais ou menos dois terços da humanidade atual, entre encarnados e desencarnados, haverão de recomeçar seu curso reeducativo em outras escolas ou em uma das "muitas moradas" da casa do Pai (Jo 14:2).

Para se ter uma idéia da revolução que já está em andamento no mundo, basta observar o que se passa em vários países, com a guerra desenfreada e as catástrofes naturais. Pode-se observar como uma multidão de espíritos comprometidos está sendo ajuntada sob determinadas condições, a fim de que experimentem o que, um dia, propiciaram a outros irmãos seus. Tão logo vivenciem circunstâncias análogas às do passado culposo, são imediatamente expatriados para outros mundos, abandonando o ambiente da Terra em direção a outras terras do infinito.

Não obstante, a seleção dos homens terrestres não se assenta em questões meramente materiais, em catástrofes ou calamidades, mas repousa na condição moral desenvolvida por cada um, ao longo de sua jornada evolutiva. As inteligências sublimes que governam os destinos da humanidade apro-

O sexto selo: sinais na terra e no céu

veitam os cataclismas naturais ou as comoções sociais para reunir espíritos endividados, de diversas épocas, e propiciar o expurgo geral, colimando objetivos mais amplos no grande plano cósmico.

A verticalização do eixo imaginário da Terra se processa lentamente. À medida que sucedem as comoções previstas, e em conjunto com elas, esse processo promoverá o aprimoramento geofísico e geodinâmico do planeta, com vistas a abrigar uma humanidade mais aperfeiçoada. Em meio aos drásticos acontecimentos, será feita a separação e seleção espiritual da humanidade terrestre. Atentemos para o que diz o evangelho de Mateus:

> "Assim como o joio é colhido e queimado no fogo, assim será na consumação deste mundo.
>
> Mandará o Filho do homem os seus anjos, e eles colherão do seu reino tudo o que causa pecado, e todos os que cometem iniquidade.
>
> E lançá-los-ão na fornalha de fogo, onde haverá pranto e ranger de dentes.
>
> Então os justos resplandecerão como o Sol, no reino de seu Pai. Quem tem ouvidos para ouvir, ouça."
>
> Mt 13:40-43

Não apenas o ambiente físico terreno sofrerá com essa transformação, que já se opera lentamente, mas o mundo espiritual ou extrafísico será igualmente afetado. As regiões do umbral ou astral inferior serão esvaziadas. Hoje, em vosso tempo, já se observa um número cada vez mais crescente de espíritos, provenientes dessas regiões trevosas, reencarnando e tendo, nesta existência, sua última chance de melhora no ambiente terrícola. O aumento da marginalidade, dos crimes e de toda sorte de desequilíbrios já é o resultado da reencarnação dessas almas delinqüentes, que compõem as falanges daqueles que serão banidos do orbe terráqueo. Tais experiências reencarnatórias se processam com a dupla finalidade de esvaziar o umbral e de conceder a esses espíritos a última chance para se renovarem, sob o céu abençoado do planeta Terra.

As reuniões de amparo e auxílio aos desencarnados e encarnados, realizadas pelos companheiros espíritas e espiritualistas, promovem o socorro e o resgate das almas que já estão mais preparadas para abandonar o ambiente das regiões inferiores do mundo astral, contribuindo para o saneamento da atmosfera psíquica global.

Com a verticalização do eixo terrestre, o mundo alcançará não somente estabilidade geológica, mas climática igualmente. Isso produzirá um mundo ideal, onde os espíritos que aqui permanecerem terão o ensejo de trabalhar mais tranqüilamente para a reconstrução da pátria terrestre. As possíveis comoções físicas, sociais ou políticas servirão como fogo purificador para testar a resistência, a honestidade e a elevação de princípios daqueles que se candidataram a um mundo melhor. Enquanto todas essas modificações se processam no panorama físico, a humanidade se aperfeiçoa intimamente, espiritualizando-se. Essa transformação e espiritualização, coexistindo com o aumento da criminalidade e da decadência moral, constituem o reflexo da hora que é chegada: a separação entre o trigo e o joio, tão aludida no Evangelho de Jesus.

Não espere para um futuro distante determinados eventos que, de acordo com seu ponto de vista, prenunciam o fim do mundo.

O mundo que findará é o mundo velho — o sistema atual, as velhas concepções, o atual padrão de comportamento vigente na Terra. No entanto, a transformação já se opera, e ninguém se iluda deixando para depois ou postergando sua transformação moral. O tempo se chama *agora* e o dia é *hoje*. Devemos fazer nossa opção pelos valores eternos e expurgar de nós os últimos resquícios de inferioridade desde já, adaptando-nos à moral elevada do evangelho cósmico do amor, ampliando a visão da vida e integrando-nos ao grande movimento de espiritualização da humanidade. Afinal, somos nós os trabalhadores da última hora.

OS QUATRO ANJOS E OS 144 MIL ELEITOS

CAPÍTULO 6

[Ap 7]

"Depois destas coisas vi quatro anjos que estavam sobre os quatro cantos da Terra, retendo os quatro ventos da Terra, para que nenhum vento soprasse sobre a terra, nem sobre o mar, nem contra árvore alguma.

Vi outro anjo subir do lado do sol nascente, tendo o selo do Deus vivo. Ele clamou com grande voz aos quatro anjos, a quem fora dado o poder de danificar a terra e o mar,

dizendo: Não danifiqueis a terra, nem o mar, nem as árvores, até que tenhamos selado nas suas testas os servos do nosso Deus.

E ouvi o número dos que foram selados, e eram cento e quarenta e quatro mil, de todas as tribos dos filhos de Israel."

Ap 7:1-4

Sempre que aparece em alguma profecia, a palavra *vento* significa guerra, contenda, disputa nacional. Essa interpretação pode ser confirmada no livro do profeta Daniel, no Antigo Testamento, quando se lê que "os quatro ventos do céu agitavam o Mar Grande" (Dn 7:2), ou em Ezequiel, Jeremias ou Isaías [Ez 1:4; 5:12; Jr 18:17; 22:22; Is 27:8; 41:11-16 etc.], que também se utilizavam do simbolismo dos ventos tempestuosos para indicar a guerra das nações.

A profecia apocalíptica é por demais significativa, e convém lembrar que essas visões foram concedidas no início da era cristã. Analisadas hoje, constata-se que diziam respeito a períodos diferentes da história humana, certamente com o objetivo demonstrar a ascendência de Jesus sobre os destinos da Terra.

A retenção dos ventos da Terra, apontada pelo texto de João (Ap 7:1), refere-se ao fato de que seriam contidas as guerras, durante determinado tempo, a fim de que se processasse o selamento dos servos de Deus (cf. Ap 7:3-4). Um período em que os conflitos seriam familiares, interiores — e não exteriores —, tanto assim que o profeta passa a descrever, em seguida, as tribos de Israel, simbolizando a genealogia, a origem, a intimidade [cf. Ap 7:5-8]. Os verdadeiros servidores do Bem não precisam nutrir preocupações quanto a uma possível hecatombe, em virtude da qual poderiam perecer. Os ventos estão, por ora, contidos; no entanto, os conflitos íntimos, os dramas pessoais, familiares e domésticos estabelecem um estado de guerra interior: contra o homem velho, contra os vícios e pretensões que ainda possa abrigar dentro de si.

> "Então olhei, e vi o Cordeiro em pé sobre o monte Sião, e com ele cento e quarenta e quatro mil, que traziam escrito na testa o seu nome e o nome de seu Pai.
>
> Estes são os que não se contaminaram com mulheres, pois são virgens. Estes são os que seguem o Cordeiro para onde quer que vai. Estes são os que dentre os homens foram comprados para ser as primícias para Deus e para o Cordeiro.
>
> Na sua boca não se achou engano; são irrepreensíveis."
>
> Ap 14:1,4-5

A linguagem simbólica é ainda a preferida de João para preservar o sentido de suas palavras. É a forma encontrada de fazer a mensagem atingir seu objetivo ao longo dos séculos, sem que a mão humana a modificasse, em sua essência.

As 12 tribos de Israel foram escolhidas para compor o simbolismo sagrado. Os 12 apóstolos formam também um ponto de equilíbrio entre os dois momentos da humanidade: antes e depois de Jesus. O quadrado desse número (12 multiplicado por 12), considerado sagrado entre o povo judeu, resulta no valor de 144. A multiplicação por mil, significa — segundo o padrão judaico: a cabala — um valor inumerável, resultando nos 144 mil eleitos da profecia.

Em outras palavras: os servos de Deus que reencarnaram na Terra, em experiências que variavam desde os tempos do Antigo Testamento até a época atual, seriam selados como representantes do Alto para o direcionamento da humanidade.

Ainda segundo o simbolismo do Apocalipse, é útil relembrar que a palavra *mulher* é empregada para indicar igreja ou comunidade religiosa, como fica patente no caso da Igreja, tratada como *a noiva de Cristo*. Assim, podemos entender que a *virgindade* dos *eleitos* significa que são uma classe de espíritos acima das questões de ordem religiosa e do partidarismo religioso. Da mesma forma, depreende-se que já superaram qualquer envolvimento com aspectos relativos aos movimentos que se dizem representantes do Cristo, sem o serem realmente, e que seus espíritos não se *contaminaram* com as chamadas "doutrinas que são preceitos de homens" (Mt 15:9; Mc 7:7).

São as almas dos que, reencarnados ou não, permanecem fiéis à expressão da verdade e trazem o selo da *fraternidade* impresso em suas frontes — conquista fundamental para a condução da humanidade. Somente o ideal da verdadeira fraternidade eleva o ser acima do sectarismo religioso, concedendo-lhe visão mais ampla da vida, sem a qual não é possível prosseguir.

A característica desse grupo de almas seletas é a de que "seguem o Cordeiro para onde quer que vai" (Ap 14:4). Tal característica é muito especial, pois indica que não fazem acepção de pessoas, uma vez que os caminhos do Cristo são traçados em meio aos sofredores, às prostitutas, aos ladrões, aos ignorantes e aos marginalizados; em meio a todos aqueles que necessitam do seu amparo, sem importar a condição social, a preferência religiosa ou mesmo a nacionalidade. Jesus permanece ainda como recurso para os sofredores e os perdidos, e não para os que se julgam salvos:

> "Tendo Jesus ouvido isto, disse-lhes: Os sãos não necessitam de médico, mas, sim, os doentes. Eu não vim chamar os justos, mas, sim, os pecadores."
>
> Mc 2:17

O selo da fraternidade divina estabelece a condição de que é preciso estar acima dos limites traçados pelo convencionalismo humano.

No fato de "não se contaminarem com mulheres" (Ap 14:4), podemos ver bem a categoria dessas almas laboriosas que, embora possam estar ligadas a esta ou aquela expressão de religiosismo ou religiosidade, não mais se permitem *contaminar* com os posicionamentos dos dirigentes humanos dessas mesmas religiões ou igrejas — "mulheres". Atuam, dos dois lados da vida, para a emancipação do homem e a elevação de suas vivências à luz cósmica do amor, que transcende todas as

Os quatro anjos e os 144 mil eleitos

barreiras denominacionais ou nacionalistas da Terra.

> "Então um dos anciãos me perguntou: Estes que estão vestidos de branco, quem são eles e de onde vieram?
>
> Respondi-lhe: Senhor, tu o sabes. Disse-me ele: Estes são os que vieram da grande tribulação, e lavaram as suas vestes e as branquearam no sangue do Cordeiro."
>
> Ap 7:13-14

O caráter forjado em meio ao sofrimento, às tribulações e às dores enfrentadas ao longo dos séculos e séculos de experiências fez com que esses espíritos não dessem mais importância às convenções humanas, aos aplausos enganadores ou às expressões mesquinhas e efêmeras daqueles que se julgam donos da verdade. "Lavaram as suas vestes (...) no sangue do Cordeiro" (Ap 7:14; cf. 22:14), aqui significa sofrimento, renúncia e abnegação. Como resultado, "branquearam" seus espíritos na conquista da superioridade moral e da pureza de coração.

Qualquer um que ainda queira se enganar com falsas pretensões religiosas e com os rótulos de suas filosofias, é imperioso que relembre o episódio de Jesus com a mulher samaritana (Jo 4:6-30) e medite acerca dessa passagem.

> "Disse-lhe a mulher samaritana: Como, sendo tu judeu, me pedes de beber a mim, que sou mulher samaritana? (Pois os judeus não se dão com os samaritanos.)
>
> Respondeu-lhe Jesus: Se conheceras o dom de Deus, e quem é o que te pede: Dá-me de beber, tu lhe pedirias, e ele te daria água viva."
>
> Jo 4:9-10

O Mestre derrubou o muro de separação entre os judeus — religiosos —, e os samaritanos — sem religião, gentios, entre outros [cf. Jo 4:20-24; 40-42]. Consagra aí o conceito universal da fraternidade legítima, selo eterno que está inscrito nas frontes dos filhos de Deus, pela convicção íntima quanto à universalidade da paternidade divina.

O SÉTIMO SELO E OS SETE ANJOS

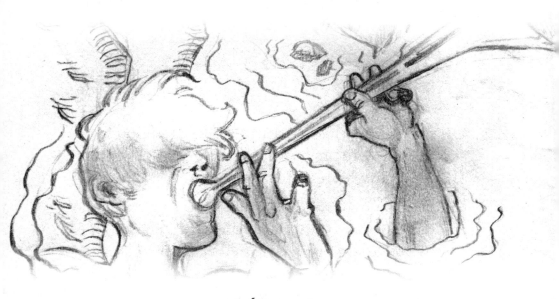

CAPÍTULO 7
[Ap 8-9]

"Quando ele abriu o sétimo selo, fez-se silêncio no céu por cerca de meia hora.

E vi os sete anjos que estavam em pé diante de Deus, e lhes foram dadas sete trombetas.

Veio outro anjo, e pôs-se junto ao altar, tendo um incensário de ouro. Foi-lhe dado muito incenso, para oferecê-lo com as orações de todos os santos sobre o altar de ouro, que está diante do trono.

E da mão do anjo subiu diante de Deus a fumaça do incenso com as orações dos santos.

Então o anjo tomou o incensário, encheu-o do fogo do altar e o lançou sobre a Terra; e houve trovões, vozes, relâmpagos e terremotos.

Ap 8:1-5

O incenso foi desde muito cedo associado às orações, às preces, como símbolo de espiritualidade que eleva a alma em direção a Deus.

O sétimo selo aberto pelo Cristo, segundo a visão de João, evidencia um caráter de grande seriedade, expresso já no primeiro versículo: "fez-se silêncio no céu por cerca de meia hora" (Ap 8:1). O silêncio, seguido do incenso e das "orações dos santos" (Ap 8:3-4), demonstra que o momento grave é precedido por grande intercessão superior, e por intensa manifestação da misericórdia divina, que protela ao máximo os eventos drásticos que poderão visitar a morada terrena.

Os sete anjos e suas sete trombetas [cf. Ap 8:2]

Durante o fogo renovador, promovido pelo incensário *de ouro* (Ap 8:3) — portanto nobre, repleto de verdades e riqueza espirituais, segundo a linguagem simbólica —, vale observar a seqüência de imagens empregadas pelo apóstolo. Os *trovões* e *vozes* representam a interferência do plano espiritual sobre os acontecimentos da Terra, seguida pelos fenômenos que abalariam mais profundamente as estruturas da civilização humana, registrados em forma de "relâmpagos e terremotos" (Ap 8:5).

Primeiramente, os *trovões* e *vozes* dos céus se fariam audíveis por toda a extensão do planeta, alertando, consolando e ensinando os homens quanto às suas responsabilidades. Depois, se não fossem ouvidos, haveria "relâmpagos e terremotos", representando métodos de caráter mais drástico, e a diversidade de fenômenos que seriam utilizados para promover o despertar daqueles que não deram ouvidos à mensagem suave das vozes dos imortais.[14]

---

[14] A visão do autor espiritual é por demais interessante, e pode-se detalhar ainda mais a simbologia do Apocalipse, dando-lhe interpretações diversificadas.

Observa-se que os dois primeiros elementos da profecia, *trovões* e *vozes* (Ap 8:5) são efeitos sonoros, e podem ser entendidos como alertivas verbais. No que tange à revelação espírita, iniciam-se com os *trovões* as comunicações, primeiramente mais chocantes, como *raps*, *echoes* e mesas girantes — os efeitos físicos que marcaram o início das manifestações espíritas, por volta de 1848. Também se pode identificar na figura do trovão a voz de Deus e notar que a iniciativa de estabelecer comunicação parte do alto, de algo soberano, como a natureza. Mas o fenômeno é passageiro, fugaz. Logo em seguida, as vozes que decantam a comunicação mais abrupta, comentam suas características, explicam, desenvolvem, conceituam, esclarecem — é a marca dos efeitos inteligentes e das comunicações de conteúdo filosófico, que foram compiladas por Kardec, de 1855 a 1869.

O movimento espiritual que teve lugar com o advento do espiritismo e a manifestação do fenômeno mediúnico foram as "vozes" dos céus, vindas suavemente para o alerta e preparo da humanidade. Como se o homem não acordasse plenamente, o fenômeno mediúnico se amplia e toma maiores proporções, como "relâmpagos e terremotos", ou seja, manifesta-se de outras formas ainda mais convincentes ou intrigantes — cirurgias espirituais, psicopictografias ou pinturas mediúnicas e até mesmo com a atuação espiritual ostensiva em laboratórios de instrumentalidade tecnológica. Entre outros exemplos, tudo concorre para chocar de forma mais ampla os homens de ciência e os pesquisadores, acordando-os para a realidade espiritual.

O primeiro anjo

> "Então os sete anjos que tinham as sete trombetas prepararam-se para tocar.
>
> O primeiro anjo tocou a sua trombeta, e houve saraiva e fogo misturado com sangue, que foram lançados na terra. Foi queimada a terça parte da terra, a

---

Ainda nessa linha de raciocínio, é importante perceber que, ao contrário de trovões e vozes, "relâmpagos e terremotos" (Ap 8:5) geralmente têm efeitos drásticos, físicos, sobre as obras da civilização, e são apresentados no texto em ordem de gravidade. Impossível não relacionar tais fenômenos com as comoções mais sérias a que o espírito Estêvão se referiu em capítulos anteriores e que aguardam o planeta em processo de renovação.

Por fim, pode-se dizer ainda que trovões e relâmpagos prenunciam a tempestade que se aproxima. A simbologia certamente faz recordar as palavras recorrentes de Jesus: "Quem tem ouvidos de ouvir, ouça" — melhor atender a trovões e vozes que lidar com os resultados de tempestades e terremotos.

terça parte das árvores, e toda a erva verde."

Ap 8:6-7

A partir do sexto versículo, a mensagem do sétimo selo desdobra-se na atuação de sete anjos, cada qual com sua trombeta, utilizada para falar ao mundo e anunciar que a hora é chegada.

Os fenômenos que periodicamente acometem a natureza servem como alerta aos homens para o destino que os aguarda, *caso* continuem com as posturas íntimas, sociais ou políticas que até agora têm caracterizado suas vidas.

Podemos ver, expresso no simbolismo do Apocalipse, como a natureza, ao longo dos anos, tem sido afetada pelo comportamento dos homens, que destroem e degradam recantos naturais, matas, cachoeiras e várias outras reservas do meio ambiente. Mais tarde, essa atitude será lamentada pela espécie humana, pois há implicações bastante sérias.

Os homens criaram, ao longo do tempo, um clichê mental negativo e coletivo em torno do ambiente planetário, que forma uma aura densa ou *egrégora*, termo pelo qual é conhecida de muitos irmãos espiritualistas. De efeitos destrutivos, essa estrutura agrava os desequilíbrios ecológicos, e é alimentada pela própria ação desrespeitosa do homem no meio onde vive. Mas não pára aí. Toda a vida do planeta é afetada pela irresponsabilidade humana, e, como resposta à sua ação destrutiva, a natureza como um todo se ressente. Tende, assim, a produzir cada vez menos, entre outras conseqüências daninhas, até que seja transformada ou substituída a mentalidade inferior que gera o comportamento abusivo do homem, que precisa conscientizar-se de seu dever perante a vida.

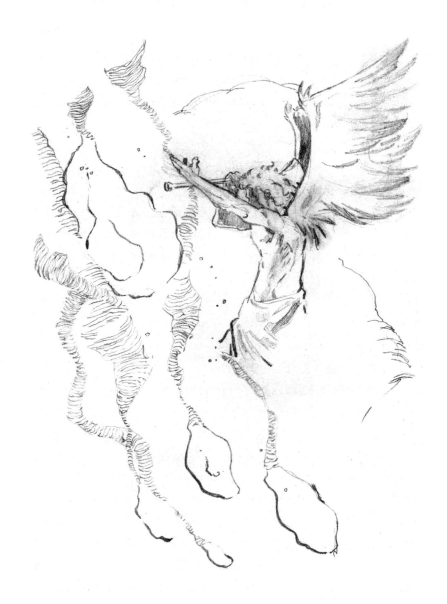

O primeiro anjo toca sua trombeta [cf. Ap 8:7]

O segundo anjo

> "O segundo anjo tocou a trombeta, e foi lançado no mar como que um grande monte ardendo em fogo, e tornou-se em sangue a terça parte do mar.
>
> E morreu a terça parte das criaturas viventes que havia no mar, e foi destruída a terça parte dos navios."
>
> Ap 8:8-9

A profecia é muito clara quanto ao choque de um cometa, ou um astro intruso, aqui representado por um "grande monte ardendo em fogo" (Ap 8:8), que atingirá o mar. Essa profecia não se encontra somente nos escritos apocalípticos de João, como também nas previsões de vários outros profetas e videntes. Em diferentes épocas, todos anunciaram que a Terra, devido ao padrão vibratório de seus habitantes, atrairá algum corpo celeste — talvez cometas que ainda não foram detectados pela ciência — que provocará o colapso de vários sistemas, principalmente o marítimo, influenciando igualmente a vida de milhares de criaturas que vivem na crosta.

É um alerta dirigido ao homem terrestre, a fim de que modifique seu padrão mental, e para que, coletivamente, possa haver uma conscientização da humanidade. Somente assim se poderão evitar catástrofes perfeitamente possíveis, uma vez que, segundo a divina lei, só se colhe aquilo que se planta.

O terceiro anjo

> "O terceiro anjo tocou a sua trombeta, e caiu do céu uma grande estrela, ardendo como uma tocha, e caiu sobre a terça parte dos rios, e sobre as fontes das águas;
>
> o nome da estrela era Absinto. A terça parte das águas tornou-se em absinto, e muitos homens morre-

O segundo anjo e a morte das criaturas do mar [cf. Ap 8:9]

ram das águas, que se tornaram amargas."

Ap 8:10-11

Período de muita agitação aguarda a Terra. A visita de cometas com suas radiações, de corpos celestes que por vezes não serão previstos afetará a vida no planeta, e a água, fonte de vida e de alimento para todos os seres, será especialmente poluída e comprometida. São fenômenos atraídos pela insensatez do próprio homem. Conscientizando-se da importância do pensamento elevado, ainda há tempo de modificar esta aura magnética densa que circunda a Terra e que atrai esses eventos indesejáveis.

Podemos ver também, no simbolismo apocalíptico, a atuação do próprio homem, através de explosões causadas por ele. Como se fosse uma "grande estrela, ardendo como uma tocha" (Ap 8:10), o vidente pode ter visto uma bomba de grandes proporções que, explodindo, provocaria grave destruição no sistema ecológico.

Em qualquer caso, vemos o interesse do Plano Superior em alertar o homem quanto ao que pode suceder, convidando-o à reflexão e à retomada de posicionamento.

A conscientização de grande parte da humanidade, no tocante aos problemas gerados pela ação do homem na natureza, a mudança de seu comportamento junto aos semelhantes e a espiritualização do ser poderão evitar tais catástrofes. As mentes renovadas certamente poderão evitar os métodos drásticos com que a natureza responde ao atual estado das sociedades humanas. A profecia não tem caráter fatalista, mas é um alerta, para se evitar o pior.

O terceiro anjo, o anjo das águas amargas [cf. Ap 8:11]

O quarto anjo

> "O quarto anjo tocou a sua trombeta, e foi ferida a terça parte do sol, a terça parte da lua e a terça parte das estrelas, de modo que a terça parte deles se escureceu. A terça parte do dia não brilhou, e semelhantemente a da noite.
>
> Enquanto eu olhava, ouvi uma águia que, voando pelo meio do céu, dizia com grande voz: Ai, ai, ai dos que habitam sobre a Terra! — por causa das outras vozes das trombetas dos três anjos que ainda vão tocar."
>
> Ap 8:12-13

Acompanhando os eventos de natureza cósmica vêm as reações físicas e sociais.

A escuridão aludida na profecia não é apenas física, mas moral. A luz da ciência não é capaz, sozinha, de iluminar os corações dos homens. Há necessidade de iluminação pelo sentimento. Verticalizar a evolução.

Com o progresso científico, o homem utilizou a tecnologia para a criação de formas mais aperfeiçoadas de destruição. Ao poderio bélico se tem somado a violência íntima e social. E, diante da poeira levantada pela destruição de cidades e vilas, de vidas humanas e das construções da civilização, o próprio brilho das estrelas e do Sol ficaram eclipsados.

Mas, ai! Ai daqueles que viveram nesses dias. Ai dos que promoveram a guerra, que desolaram a Terra e semearam o ódio. Basta um olhar para a destruição de Hiroshima e Nagasaki, com as bombas nucleares, e pode-se ter uma idéia da gravidade do que expõem os versículos comentados.

*As trombetas dos anjos causam comoções
entre os homens [cf. Ap 8:13]*

O quinto anjo

"O quinto anjo tocou a sua trombeta, e vi uma estrela que do céu caiu na terra. Foi-lhe dada a chave do poço do abismo.

E abriu o poço do abismo, e subiu fumaça do poço, como a fumaça de uma grande fornalha, e com a fumaça do poço escureceram-se o sol e o ar.

E da fumaça saíram gafanhotos sobre a terra, e foi-lhes dado poder, como o que têm os escorpiões da terra.

Naqueles dias os homens buscarão a morte e não a acharão; desejarão morrer, mas a morte fugirá deles.

A aparência dos gafanhotos era semelhante à de cavalos aparelhados para a guerra. Sobre as suas cabeças havia como que umas coroas semelhantes ao ouro, e os seus rostos eram como rostos de homens.

Tinham cabelos como cabelos de mulheres, e os seus dentes eram como os de leões.

Tinham couraças como couraças de ferro, e o ruído das suas asas era como o ruído de carros de muitos cavalos que correm ao combate.

Tinham caudas e aguilhões semelhantes às dos escorpiões, e nas suas caudas tinham poder para danificar os homens por cinco meses."

Ap 9:1-3; 6-10

A Segunda Guerra Mundial. O apóstolo presenciou desde a invasão dos países da Europa pela força aérea, que tudo destruía, por onde passava, até a explosão atômica. Diante da visão aterradora que presenciava, não encontrou outra linguagem para descrever a terrível destruição que não aquela a que, em sua simplicidade, estava acostumado.

O quinto anjo sobre o poço do abismo [cf. Ap 9:1]

Os aviões, com seus pilotos inconseqüentes, foram comparados a escorpiões com "rostos de homens" (Ap 9:7). Ao cair sobre as cidades, a bomba nuclear — ponto máximo de decadência da ciência e tecnologia humanas — foi comparada à "estrela que do céu caiu na terra" (Ap 9:1). A destruição causada pela explosão atômica está aqui bem descrita:

> "E abriu o poço do abismo, e subiu fumaça do poço, como a fumaça de uma grande fornalha, e com a fumaça do poço escureceram-se o sol e o ar."
>
> Ap 9:2

Terrível carma pesa sobre a humanidade terrestre. O clamor de milhares de criaturas, que sofreram abusos, foram perseguidas, maltratadas e assassinadas, sobe ao céu e está impresso na psicosfera do planeta, até que sejam expurgado pela dor e pelo sofrimento, que marcarão os resgates difíceis no momento de transição.

Muitos ainda acreditam que essa mudança será insensível e que a transformação da paisagem terrestre se dará de maneira tranqüila. No entanto, não ignoram a ação da lei de causa e efeito. O carma acumulado pela violência contra a vida deverá ser expurgado até o último ceitil. Embora as demonstrações de misericórdia divina, a inexorabilidade da lei de justiça fará com que cada um recolha conforme haja plantado.

Os campos de concentração do passado e a situação atual, permitida por governos autoritários, imperialistas, deixam transparecer o desrespeito à vida, maior crime que o homem pode cometer contra as leis do universo.

O fogo que o homem acendeu com a Segunda Guerra Mundial atraiu atenção de outros povos, de outras regiões do espaço, e todos lamentam o atestado de ignorância e de violência da humanidade terrestre. As almas daqueles que foram dizimados permanecem, em grande quantidade, nos mesmos locais das chacinas, clamando por justiça; muitos mantêm prisioneiros seus próprios executores, que desencarnaram após, estabelecendo um triste elo de retaliação.

Embora o triunfo da tecnologia e da ciência terrena, os irmãos terrestres continuam na mesma ignorância, com a mesma belicosidade e a mesma índole da época das cavernas.

O homem devassa o espaço, mas não consegue fazer ainda a grande viagem para dentro de si. Consegue ir à Lua e dar voltas em torno do planeta, mas não vive em harmonia em seu próprio lar. Alunos rebeldes da escola terrestre fazem jus a métodos mais drásticos e difíceis de aprendizado. Por isso mesmo, o planeta há de ser higienizado da presença dessas almas atrasadas; povos e governos haverão de presenciar a derrocada de suas pretensões nas cinzas purificadoras dos sofrimentos coletivos, que libertarão a Terra do pesado carma que acumulou ao longo dos séculos.

As cenas são por demais chocantes, e a vossa história atesta a crueldade humana, mas o Evangelho nos aponta a rota segura a palmilhar para alcançarmos o mundo de regeneração. A Providência, que a tudo regula em sua sabedoria, fixa inclusive limites de tempo e duração para cada etapa, o que pode ser constatado no prazo simbólico de "cinco meses" (Ap 9:10) registrado na visão do quinto anjo.

Graças a Deus, após os conflitos deflagrados na Segunda Guerra Mundial, a humanidade começou a desenvolver sentimentos e consciência mais nobres a respeito da vida. Talvez amedrontada diante das explosões nucleares — a demonstração mais peremptória e iminente de destruição da morada planetária a que o ser humano já assistiu —, governos tem hesitado em repetir, ao menos nas mesmas proporções, as cenas de Hiroshima, Nagasaki ou Auschwitz. Vemos nascer, em todas as latitudes do planeta, movimentos que esclarecem, despertam ou alertam os homens para a necessidade de renovação. Quem sabe a raça humana não está despertando de sua letargia espiritual?

O sexto anjo

> "O sexto anjo tocou a sua trombeta, e ouvi uma voz que vinha das quatro pontas do altar de ouro, que estava diante de Deus,
>
> a qual dizia ao sexto anjo, que tinha a trombeta: Solta os quatro anjos que estão presos junto ao grande rio Eufrates.
>
> E foram soltos os quatro anjos que estavam preparados para aquela hora, e dia, e mês, e ano, a fim de matarem a terça parte dos homens.
>
> E assim vi os cavalos nesta visão: os seus cavaleiros tinham couraças de fogo, e de jacinto, e de enxofre. As cabeças dos cavalos eram como cabeças de leões, e de suas bocas saíam fogo, fumaça e enxofre."
>
> Ap 9:13-15,17

A destruição não acabou junto com o último conflito mundial. Embora as barbáries e o morticínio da época da guerra, as nações continuam se digladiando pela disputa de poderes transitórios [ver Ap 9:20-21].

O palco da luta: a região do Eufrates, a antiga Mesopo-

O sexto anjo e os cavalos com cabeças de leão [cf. Ap 9:17]

tâmia, os países próximos ao Jordão ou à Palestina. Desde séculos essa é uma região disputada pelas nações, e, embora tenham nascido no local as primeiras sementes do Evangelho, os homens não souberam interiorizar sua mensagem de paz e continuaram exportando a guerra e destruição para o resto da humanidade.

Após 20 séculos de intensa pregação evangélica, o homem não logrou acabar com a violência e, em muitos lugares, faz-se guerra e morte em nome de um Deus incompreendido e perduram batalhas e assassinatos em nome da religião. Atestado inquestionável da ignorância humana.

A Palestina, ainda nos dias de hoje, é lugar de intensas lutas, travadas por aqueles que se julgam donos do poder. Nações da Terra concentram ali sua atenção, e muitas contribuem anônima e sorrateiramente para a prorrogação dos conflitos. Os "quatro anjos" da destruição — orgulho, egoísmo, ódio e vaidade — estão soltos nos gabinetes dos governos desses povos, exercendo seu papel, dizimando e dilacerando vidas humanas.

Tal situação não passa desapercebida pelas consciências angélicas que administram o mundo. Atrás de cada povo, de cada governo, há um mensageiro espiritual, um mentor que vela por seu destino. Cada um haverá de ser conduzido, no momento oportuno, ao tribunal da própria consciência, onde a lei divina está escrita.

O sétimo anjo

> "(...) mas nos dias da voz do sétimo anjo, quando ele estiver prestes a tocar a sua trombeta, se cumprirá o mistério de Deus, como anunciou aos profetas, seus servos.

O sétimo anjo tocou a sua trombeta, e houve no céu grandes vozes, que diziam: Os reinos do mundo vieram a ser de nosso Senhor e do seu Cristo, e ele reinará para todo o sempre."

Ap 10:7; 11:15

A humanidade vivencia hoje os acontecimentos difíceis gerados em seu passado espiritual. O que aguarda a Terra, no que se refere ao segredo ou "mistério de Deus" (Ap 10:7)?

Por certo que o mundo haverá de cumprir sua destinação de lar e escola aperfeiçoados, de regeneração. Mas aqueles que não se sintonizaram com os propósitos superiores e permanecem presos às questões efêmeras e aos valores transitórios não encontrarão, na Terra, local adequado para viverem. Dessa forma, certamente serão expatriados, isolados em mundos compatíveis com seu estado íntimo e sua evolução espiritual.

Espíritos primários se entusiasmam com os ensinamentos de filósofos cínicos e excêntricos da atualidade, que intentam eliminar os valores da família propondo, em seu lugar, o liberalismo sexual. Trocam os valores do espírito imortal pelo vulgar, pela libidinosidade doentia e sem limites, multiplicando-se os antros do vício e do prazer fugaz. De outro lado, as condecorações de metais fundidos pretendem substituir os valores íntimos que elevam o ser, enquanto crianças e famílias, povos e nações tremem de frio ou morrem à míngua, clamando ao menos por uma côdea de pão, invertendo-se os postulados da ética e da caridade. Esses, com certeza, serão banidos do planeta, e o "mistério de Deus" (Ap 10:7) cumprir-se-á, para "um novo céu e uma nova Terra" (Ap 21:1).

A paz anunciada pela trombeta do sétimo anjo [cf. Ap 11:15]

PARTE III
O LIVRO ABERTO

TEMPOS PROFÉTICOS

CAPÍTULO 8
[Ap 10]

"Então a voz que eu do céu tinha ouvido tornou a falar comigo, e disse: Vai, e toma o livrinho aberto da mão do anjo que está em pé sobre o mar e sobre a terra.

Fui, pois, ao anjo, e lhe pedi que me desse o livrinho. Disse-me ele: Toma-o, e come-o. Ele fará amargo o teu ventre, mas na tua boca será doce como mel.

Tomei o livrinho da mão do anjo, e o comi. Na minha boca era doce como mel, mas tendo-o comido, o meu ventre ficou amargo.

Então foi-me dito: Importa que profetizes *outra vez* acerca de muitos povos, nações, línguas e reis."

Ap 10:8-11 [grifo nosso]

Para continuar a reflexão sobre as revelações apocalípticas, é mister compreender o que antes foi anunciado em outras profecias, através de outros médiuns e clarividentes da Antiguidade. Não há como ignorar o contexto bíblico em que se inserem as palavras do Evangelista.

Se até aqui João se ocupa de fatores que podem ser considerados universais, gerais, deste ponto em diante procura particularizar algumas de suas predições, que merecem de nossa parte pesquisa séria e estudo mais detalhado. [Ap 10:11 denota uma nova etapa das revelações do Apocalipse].

Não somente acontecimentos históricos, mas instituições

João é compelido a profetizar ainda uma vez mais [cf. Ap 10:11]

humanas são, a partir de agora, apontados como sendo de particular importância para o destino da humanidade. Sendo assim, pedimos a compreensão do leitor com relação a nosso comentário, que não guarda nenhum propósito de denegrir tais instituições ou quem quer que seja representando por elas ou que as represente. Para sermos fiéis aos fatos, não podemos de modo algum nos manter calados, ainda que sejam *amargos* [Ap 8:9-10], sob pena de não podermos continuar devassando os escritos iluminados do apóstolo João.

É de uma clareza inquestionável a verdade reencarnacionista. Em virtude desse conhecimento, podemos saber que aquele que habita determinado corpo físico, no passado, serviu-se de outros corpos. Mesmo com personalidade diferente, conserva, no entanto, a individualidade, que vai se aprimorando ao longo dos séculos de experiências vivenciadas.

João, o apóstolo, igualmente pisou na Terra em outras épocas, com missão diferente [Ap 10:11 pode seguramente ser interpretado desse modo]. Segundo as tradições do mundo espiritual, ele foi o profeta Daniel, antes de reencarnar como João, assim como mais tarde renasceu como o iluminado de Assis. Muitas profecias do Apocalipse, para serem compreendidas, têm que se reportar a outras do livro de Daniel, pois ambos os escritos proféticos, embora séculos os separem um do outro, conservam as mesmas figuras, as imagens e o método de transmitir a verdade.

Eis que se faz necessário esse esclarecimento, a fim de continuar nosso estudo, cujo objetivo é mostrar que, acima das cogitações e realizações humanas, vige a bondade excelsa de Jesus, Senhor de todos nós.

A MULHER E O DRAGÃO

CAPÍTULO 9
[Ap 12-13]

"Viu-se um grande sinal no céu: uma mulher vestida do sol, tendo a lua debaixo dos pés, e uma coroa de doze estrelas sobre a cabeça.

Ela estava grávida e gritava com as dores de parto, sofrendo tormentos para dar à luz.

Viu-se também outro sinal no céu: um grande dragão vermelho, que tinha sete cabeças e dez chifres, e sobre as suas cabeças sete diademas.

A sua cauda levou após si a terça parte das estrelas do céu, e lançou-as sobre a terra. O dragão parou diante da mulher que estava prestes a dar à luz, para que, dando ela à luz, lhe devorasse o filho.

Ela deu à luz um filho, um varão que há de reger todas as nações com vara de ferro. E o seu filho foi arrebatado para Deus e para o seu trono.

A mulher fugiu para o deserto, onde já tinha lugar preparado por Deus para que ali fosse alimentada durante mil duzentos e sessenta dias.

E foram dadas à mulher as duas asas da grande águia, para que voasse até o deserto, ao seu lugar, onde é sustentada por um tempo, e tempos, e metade de um tempo, fora da vista da serpente.

Então o dragão irou-se contra a mulher, e foi fazer guerra aos demais filhos dela, os que guardam os mandamentos de Deus, e mantêm o testemunho de Jesus.

Ap 12:1-6,14,17

No Novo Testamento, a igreja é comparada a uma mulher, uma virgem [Mt 25:1; 2Co 11:2; Ap 14:4 etc.]. Nas visões de João, seguindo essa tradição, que vem desde os antigos profetas, é comum observarmos a mesma figura de linguagem, utilizada para identificar as igrejas em diversas ocasiões ao longo dos séculos. Assim é que a igreja, quando fiel aos ensinos do Evangelho, é apresentada como uma mulher formosa, uma donzela ou uma virgem pura; quando se afasta dos ensinamentos de Jesus, é representada como uma prostituta, que se une ao mundo e abandona o Cristo, o *noivo* das parábolas evangélicas [Mt 9:15; 25:1; Mc 2:19 etc.].

Vejamos a imagem utilizada no livro do profeta Isaías:

> "Naquele dia sete mulheres lançarão mão de um homem, dizendo: Nós comeremos do nosso pão, e nos vestiremos de nossos vestidos; tão-somente queremos ser chamadas pelo teu nome".
>
> Is 4:1

O texto é uma clara alusão à situação das igrejas que se consideram cristãs. O número sete, aqui, é símbolo de totalidade, plenitude. As igrejas querem adotar uma doutrina própria e maneira de agir particular, mas conservar o *nome* de cristãs, o nome do homem, Jesus. Nada querem de mais profundo com Ele. Nada de sua doutrina, apenas o rótulo de cristãs, para continuarem no mundo de César.

Examinemos, a seguir, o texto do Apocalipse na ordem apresentada.

Já no início do capítulo, a imagem da mulher vestida do Sol e tendo a Lua debaixo dos pés traz-nos à lembrança a igreja secular ou as comunidades que sempre se interessaram em seguir os ensinamentos do Cristo. A igreja cristã se torna a continuação histórica do judaísmo — não do judaísmo como sistema legalista e religião oficial de Israel, mas dos ensinamentos dos profetas de todas as épocas, sob cujas mensagens se estabeleceram as verdades apostólicas. Estas, na profecia, podem ser identificadas como sendo a Lua sobre a qual se encontra a mulher, que tem o Sol como vestimenta. Podemos ver nessa bela figura o símbolo de Jesus e de seus ensinamentos, conforme a própria visão de João expressa, no mesmo versículo: a mulher possuía "uma coroa de doze estrelas sobre a cabeça" (Ap 12:1), símbolo intuitivo dos doze apóstolos.

Ainda a respeito dos fundamentos filosóficos e doutrinários da igreja cristã, e do papel dos apóstolos no seu estabelecimento, tem-se em Paulo uma clara definição:

> "(...) edificados sobre o fundamento dos apóstolos e dos profetas, sendo o próprio Cristo Jesus a principal pedra angular."
>
> Ef 2:20

As "dores de parto" (Ap 12:2) que acometiam a mulher podem ser identificadas como sendo a ânsia das comunidades judaicas quanto à vinda do Cristo, o messias que viria redimir Jerusalém, expressa inúmeras vezes pelos profetas do Antigo Testamento. Também se referem ao sofrimento de todos os fiéis do povo judeu, que durante séculos aguardavam a vinda do "desejado de todas as nações" (Ag 2:7), como foi também chamado o Cristo.

Os quatro animais de Daniel

A seguir (Ap 12:3), a figura do dragão é apresentada de tal

modo que remonta ao quarto animal "terrível e espantoso, e muito forte" que fora descrito pelo profeta Daniel (Dn 7:7s). Ambas imagens significam a síntese de todos os poderes materiais e anticristãos, que foram e são mobilizados, em qualquer época da humanidade, para deter a marcha gloriosa do Evangelho em seu sentido renovador (Ap 12:13,17). De acordo com o relato do Novo Testamento, primeiramente essa síntese é chamada serpente, depois dragão, que entrega em seguida seu poder à besta, que, por sua vez, utiliza a prostituta (Ap 17) e o falso profeta (Ap 13:11-18).

As profecias do Apocalipse poderão ser bem compreendidas se as estudarmos em conjunto com as do profeta Daniel. Por isso, e para relacionar o contexto histórico a que as visões de ambos os profetas se referem, deteremo-nos aqui, com o objetivo examinar a visão dos quatro animais de Daniel. Logo em seguida, voltaremos à besta do Apocalipse. Vamos ao texto do Antigo Testamento:

> "Na minha visão da noite eu estava olhando, e vi que os quatro ventos do céu agitavam o Mar Grande.
>
> Quatro animais grandes, diferentes uns dos outros, subiam do mar.
>
> O primeiro era como leão, e tinha asas de águia. Eu olhei até que lhe foram arrancadas as asas, e foi levantado da terra, e posto em pé como um homem, e foi-lhe dado um coração de homem.
>
> Continuei olhando, e vi o segundo animal, semelhante a um urso, o qual se levantou de um lado, tendo na boca três costelas entre os dentes, e foi-lhe dito: Levanta-te, devora muita carne.
>
> Depois disto, continuei olhando, e vi outro animal, semelhante a um leopardo, e tinha quatro asas

de ave nas costas. Este animal tinha quatro cabeças, e foi-lhe dado domínio."

Dn 7:2-6

Já no início do relato do antigo profeta, é informado que no momento das ocorrências "quatro ventos do céu agitavam o Mar Grande" (Dn 7:2). É uma indicação do tema das visões, pois vimos anteriormente [cap. 6] que, na linguagem simbólica, *ventos* significam *guerras*. A profecia refere-se, portanto, a conflitos armados decisivos, que vêm de todo lado, como sugere o uso do número *quatro* — quatro evangelistas, quatro pontos cardeais etc. Mas isso não é tudo.

O Apocalipse de João nos dá, já no Novo Testamento, outra chave para podermos decifrar o restante da simbologia escatológica: "Então o anjo me disse: As águas que viste (...) são povos, multidões, nações e línguas" (Ap 17:15). Dessa maneira, podemos entender *as águas* ou *o Mar Grande* de Daniel como "povos, multidões, nações e línguas", isto é: as grandes civilizações que o globo conheceu.

Sendo assim, a expressão "quatro ventos do céu agitavam o Mar Grande" é sinônimo das grandes contendas e batalhas entre os povos, que modificaram o panorama social do mundo. O profeta então avistou quatro animais, que surgiam em meio ao caos das nações. O próprio Daniel, desconhecendo seu significado, interpela o anjo, e é este quem lhe revela: "Estes grandes animais, que são quatro, são quatro reis, que se levantarão da Terra" (Dn 7:17).

De posse desses conhecimentos, verificamos que o primeiro animal, semelhante a um leão com asas de águia (Dn 7:4), representava o império da Babilônia, com seu poderio bélico,

A mulher e o dragão

suas riquezas e seu esplendor. O ponto de partida, a primeira das feras, é justamente a que detinha o poder temporal no momento histórico em que Daniel se encontrava, na ocasião das revelações.

O segundo animal era um urso, que trazia na boca três costelas [cf. Dn 7:5]. Simbolizava a Medo-Pérsia, que sucederia à Babilônia como líder no cenário político mundial. As três costelas devoradas pelo urso demonstravam os três reinos que foram abatidos, a fim de se dar o poder político a Dario, o Medo-Persa.

O terceiro animal, por sua vez, foi comparado a um leopardo com quatro cabeças e quatro asas [cf. Dn 7:6]. Era a imagem da Grécia, que dominou o mundo após a Medo-Pérsia. O leopardo, que já é um animal ágil, acrescido de quatro asas, é a representação da velocidade das conquistas de Alexandre, o Grande — em menos de dez anos, ele submeteu o império Medo-Persa. As quatro cabeças, por outro lado, significavam que a Grécia seria dividida, como o foi, após a morte de Alexandre. Os quatro generais, igualmente representados pelas quatro cabeças, são as divisões efetuadas após sua morte, em 301 a.C.: Cassandro, Lisímaco, Ptolomeu e Seleuco ficaram responsáveis pelo domínio grego, que, a partir de então, foi-se enfraquecendo.

O quarto animal e o dragão

Mas o quarto animal — a mesma besta do Apocalipse, descrita por João — seria um animal diferente e espantoso, como relata o antigo profeta; um reino terrível, que se desdobraria em vários outros e dominaria os próprios seguidores de Jesus.

Prossigamos com a visão de Daniel:

> "Depois disto, continuei olhando nas visões da noite, e vi o quarto animal, terrível e espantoso, e muito forte, o qual tinha dentes grandes de ferro; ele devorava e fazia em pedaços, e pisava aos pés o que sobrava. Era diferente de todos os animais que apareceram antes dele, e tinha dez chifres.
>
> Estando eu observando os chifres, vi que entre eles subiu outro chifre pequeno; e três dos primeiros chifres foram arrancados diante dele. Neste chifre havia olhos como os olhos de homem, e uma boca que falava com vanglória."
>
> Dn 7:7-8

O profeta se espanta [cf. Dn 7:15] e busca compreender melhor as revelações. No seguimento de sua narrativa, podemos encontrar as explicações que ele recebe:

> "Então tive desejo de conhecer a verdade a respeito do quarto animal, que era diferente de todos os outros, muito terrível, cujos dentes eram de ferro, e as unhas de bronze — o animal que devorava, fazia em pedaços, e pisava aos pés o que sobrava.
>
> Também tive desejo de conhecer a verdade a respeito dos dez chifres que tinha na cabeça, e do outro que subia, diante do qual caíram três, isto é, daquele chifre que tinha olhos, e uma boca que falava com vanglória, e parecia ser mais robusto do que os seus companheiros.
>
> Eu olhava, e vi que este chifre fazia guerra contra os santos, e os vencia (...).
>
> Disse-me ele: O quarto animal será o quarto reino na Terra, o qual será diferente de todos os reinos e devorará toda a Terra, e a pisará aos pés, e a fará em pedaços.

Quanto aos dez chifres, daquele mesmo reino se levantarão dez reis. Depois deles se levantará outro, o qual será diferente dos primeiros, e abaterá a três reis.

Proferirá palavras contra o Altíssimo, e destruirá os santos do Altíssimo, e cuidará em mudar os tempos e as leis. Eles serão entregues nas suas mãos por um tempo, e tempos, e metade de um tempo."

Dn 7:19-21,23-25

O quarto animal, no livro de Daniel [Dn 7:7s], é a mesma besta, descrita sob diferentes formas por João no Apocalipse [cf. Ap 12-13;17]. Interpretadas de modo específico na história, deixando de lado aqui seu valor simbólico e atemporal, as visões do quarto animal e do dragão, que transmite seu poder à besta [cf.Ap 13:2], materializam-se na autoridade férrea de Roma, que sucedeu a Grécia — o terceiro animal [cf. Dn 7:6] — no panorama do mundo.

Por esse conjunto de profecias, pode-se ver que qualquer lance no cenário político do mundo não passa despercebido da administração sideral e dos prepostos do Cristo, que tudo prevêem no grande lance cósmico do planeta Terra.

Roma foi a nação que, a ferro e espada, dominou longamente os povos. Para entendermos o sentido simbólico da profecia, decifraremos aos poucos cada passo da narrativa.

Os *dez chifres* avistados por Daniel [Dn 7:7,20,24] e também por João, no Apocalipse [Ap 12:3; 13:1], são *dez reis*, conforme está escrito em ambos os livros: "Quanto aos dez chifres, daquele mesmo reino se levantarão dez reis" (Dn 7:24). "Os dez chifres que viste são dez reis" (Ap 17:12).

Ora, Roma foi a única nação que teve dez formas de reinado, que foi dividida em dez reinos diferentes. Esse reino, representado pela besta de dez chifres, não se manteria unido até o fim; seu poder seria dividido, como o foi, em diversos outros. A partir do ano 476 d.C., Roma perdeu a supremacia que tinha até então, e o império caiu em poder de dez povos bárbaros: anglo-saxões, alamanos, francos, visigodos, hérulos, vândalos, suevos, burgúndios, lombardos e ostrogodos.

Mas a profecia não pára aí. Daniel nos diz que de Roma se desenvolveria um poder diferente: o chifre que derrubou outros três chifres [Dn 7:8] e falava palavras contra o Altíssimo [Dn 7:20-21]:

> "Depois deles [os 10 chifres] se levantará outro, o qual será diferente dos primeiros, e abaterá a três reis."
>
> Dn 7:24

Esse chifre é a exata representação do papado, que foi se desenvolvendo lentamente, ao longo dos séculos. Após o decreto de Constantino [311 d.C.], foram derrubados três povos que se opunham ao papa, para ser definitivamente tomado o poder temporal. Eram eles: os vândalos, os ostrogodos e os hérulos.

O poder papal era tão temido que os povos enviavam suas comitivas a Roma, a fim de que o papa os abençoasse em suas pretensões. Era um reino diferente dos outros, como diz a profecia, pois era em parte político, conservando o domínio temporal, e em parte religioso, pretendendo o domínio das consciências.

No ano 538 d.C., com a queda dos ostrogodos, o papado estava firmemente estabelecido. Reunia em si as pretensões de ter o domínio da cristandade, de estabelecer leis humanas para as coisas do espírito, e de deter a infalibilidade, que só é dada a Deus. Tais *blasfêmias* (Ap 13:1,5) representam as palavras que proferiria contra o Altíssimo (Dn 7:25). O papado não apenas intenta o domínio das consciências, acreditando poder perdoar ou condenar o pecador, como arroga-se o direito de estabelecer o que é e o que não é pecado, através de seus decretos; sobretudo, imagina-se na posição de dirigir a cristandade, função que só pertence a Jesus.

O tempo do quarto animal e seus dez chifres, a época do reinado da besta apocalíptica, também fora previsto pelo apóstolo Paulo. Ele igualmente pressente o estabelecimento do papado, ao dirigir-se aos tessalonicenses e abordar o período de trevas morais que estava por vir. Ele declara que o "dia do Cristo" [2Ts 2:2], ou seja, o estabelecimento do bem sobre a Terra, não viria repentinamente:

> "Ninguém de maneira alguma vos engane, pois isto [o dia do Cristo] não acontecerá sem que antes venha a apostasia, e se manifeste o homem do pecado, o filho da perdição.
>
> Ele se opõe e se levanta contra tudo o que se chama Deus ou é objeto de culto, de sorte que se assentará, *como Deus, no templo de Deus, querendo parecer Deus."*
>
> 2Ts 2:3-4 [grifo nosso]

Quando o cristianismo, após as perseguições, foi penetrando nos palácios dos reis, a Igreja, através de seus bispos, pôs de lado a simplicidade dos primeiros tempos e passou a exibir o orgulho e a pompa dos sacerdotes e reis pagãos. Em lugar da doutrina do Cristo, criou leis e decretos que estabeleceram ordenanças humanas [cf. 1Tm 4:1], rituais pomposos que desafiam a simplicidade das práticas apostólicas.

A doutrina romana afirma que o papa é o representante máximo de Deus na Terra, detentor de autoridade incontestável. No entanto, os maiores crimes têm sido perpetrados ao longo dos séculos sob as bênçãos do pontífice romano. A Igreja de Roma estava decidida a congregar, sob seu jugo, todo o mundo cristão, e aqueles que não reconheceram o poder do papa foram queimados, mortos, destruídos, assassinados — e a prova disso nos é dada pela história.

Em síntese, os cristãos foram obrigados a optar entre Cristo e Roma, e a verdadeira igreja, os seguidores simples do Nazareno se viram forçados a esconder-se nas rochas, sepulturas e lugares escuros da Terra, dando cumprimento ao que a profecia do Apocalipse revelou: "Mas a terra ajudou a mulher" (Ap 12:16). Isso ocorreu durante 1.260 anos, conforme informam ambos os textos proféticos [Dn 7:25; Ap 11:3; 12:6,14], período que o Apocalipse registra como o da reclusão da mulher — isto é: a verdadeira igreja — no deserto.

Para se chegar a este número: 1.260 anos, é necessário compreender a linguagem simbólica. Nas profecias bíblicas, um *dia*, ou um *tempo*, equivale a um *ano*. É o que estabelece o profeta Ezequiel, no Antigo Testamento: "e levarás (...) quarenta dias; *um dia te dei para cada ano*" [Ez 4:6 — grifo nosso]. No Apocalipse, então, *um tempo, dois tempos e metade de um tempo* equivalem a *1.260 anos*. Acompanhe o raciocínio:

1 tempo = 1 dia = 1 ano profético +

2 tempos = 2 dias = 2 anos proféticos +

½ tempo = ½ dia = ½ ano profético

TOTAL: 3 tempos e meio = 3 anos e meio = 42 meses, que equivalem a 1.260 dias, que, por sua vez, equivalem a 1.260

anos proféticos. (Para esse cálculo, leva-se em conta o calendário dos judeus, que adotavam o ano luni-solar, no qual cada mês é composto de 30 dias. Portanto, 3 anos e meio equivalem a 1.260 dias.)

O fim dos 1.260 anos

Para efeito de profecia, consideramos o início da atividade papal em 538 d.C., ano em que houve a derrocada dos ostrogodos e a besta foi definitivamente estabelecida em seu templo, "querendo parecer Deus" (2Ts 2:4). Esse ano marca tanto a queda do último poder que combatia o bispo de Roma, quanto os acordos políticos feitos pelo imperador Justiniano, que reconhecem o papado como cabeça das igrejas. Contando-se a partir dessa data, os 1.260 anos terminam em 1798 [538+1.260=1.798], exatamente o ano em que caíram as pretensões do papado, e Berthier, o general francês, sob o comando de Napoleão Bonaparte, invade Roma e leva prisioneiro o pontífice.

Esse período de 1.260 anos — ou *um tempo, dois tempos e metade de um tempo* ou, ainda, *três anos e meio proféticos* — foi o período mais negro da história da civilização. A Idade Média é a época em que Roma ficou conhecida como *Santa Sé* e o papa arvorou-se a *Sumo Pontífice*. Com o novo título, agindo como se fora Deus, adultera a lei, retirando o segundo mandamento do decálogo — pois proibia a adoração de imagens — e dividindo o décimo mandamento em dois, para suprir a lacuna. Modifica também o calendário e assim faz cumprir-se inteiramente a profecia de Daniel quanto ao quarto animal: "e cuidará em mudar os tempos e as leis" (Dn 7:25).

Os séculos que se seguiram foram palco de lutas que a

Igreja forjou com o objetivo de eliminar da Terra "os santos do Altíssimo" (Dn 7:25). Valdenses, albigenses, anabatistas, protestantes, huguenotes e milhares de outros cristãos foram dizimados pelo poder dos padres, bispos e cardeais de Roma, que, segundo o profeta Daniel, "fazia guerra contra os santos, e os vencia" (Dn 7:21). No Apocalipse, a época é retratada através da mulher, ou a verdadeira comunidade de seguidores de Jesus, que estaria reclusa no deserto, para tentar sobreviver ante a arrogância dos bispos de Roma [cf. Ap 13:5-6]. Era o poder da primeira besta do Apocalipse: "Também foi-lhe permitido fazer guerra aos santos, e vencê-los. E deu-se-lhe poder sobre toda tribo, língua e nação" (Ap 13:7).

Mas a coordenação dos eventos da Terra não cabe a ninguém, senão a Jesus e seus prepostos. Transcorrido o tempo da profecia, em 10 de fevereiro de 1798, por culminância da Revolução Francesa — que pôs fim ao poder desmedido dos papas —, o General Berthier, dos exércitos de Napoleão, invadiu Roma e levou cativo o Papa Pio VI. O então representante da Igreja romana, prisioneiro, veio a desencarnar na França e deu, assim, cumprimento ao que disse a profecia, por intermédio de João: "Se alguém deve ir para o cativeiro, para o cativeiro irá. Se alguém deve ser morto à espada, necessário é que à espada seja morto" (Ap 13:10).

A GRANDE PROSTITUTA

CAPÍTULO 10
[Ap 17]

"Veio um dos sete anjos que tinham as sete taças, e me disse: Vem, mostrar-te-ei a condenação da grande prostituta que está assentada sobre muitas águas.

Com ela se prostituíram os reis da Terra, e os que habitam na Terra se embebedaram com o vinho da sua prostituição.

Então o anjo me levou em espírito a um deserto, e vi uma mulher montada numa besta escarlate, que estava cheia de nomes de blasfêmia, e que tinha sete cabeças e dez chifres.

A mulher estava vestida de púrpura e de escarlate, e adornada com ouro, pedras preciosas e pérolas. Tinha na mão um cálice de ouro cheio das abominações e da imundícia da sua prostituição.

E na sua testa estava escrito: Mistério, a grande Babilônia, a mãe das prostituições e das abominações da Terra.

Vi que a mulher estava embriagada com o sangue dos santos e com o sangue das testemunhas de Jesus (...).

Aqui é necessário a mente que tem sabedoria. As sete cabeças são sete montes, sobre os quais a mulher está assentada."

Ap 17:1-6,9

Assim como aqueles que permaneceram fiéis à pureza e à simplicidade do Evangelho foram simbolizados pela mulher vestida de sol (Ap 12:1), a Igreja, quando se afastou dos mesmos ensinos, unindo-se ao mundo e ao poder temporal, foi simbolizada por uma prostituta nas palavras do vidente de Patmos.

A Igreja, afastada da palavra iluminativa do Cristo, é a representação da prostituta, chamada Babilônia [Ap 17:5] — símbolo de fausto, opulência e valores materiais, com a qual se prostituíram reis e governantes da Terra. O vinho com que os embriagou [Ap 17:2] são as suas doutrinas, distantes do ensinamento do Cristo. As cores púrpura e escarlate [Ap 17:4], por sua vez, não podiam estar melhor representadas: são os tons das vestes dos cardeais e papas.

"As sete cabeças são sete montes, sobre os quais a mulher está assentada" (Ap 17:9). Não há como errar: a cidade que está situada entre sete montes é a cidade do Vaticano, sede temporal e espiritual do papado, da Igreja que se afastou do Cristo, a grande prostituta.

"A mulher estava vestida de púrpura e de escarlate, e adornada com ouro, pedras preciosas e pérolas" (Ap 17:4). Definitivamente, são as cores do Vaticano, cujo patrimônio e riquezas materiais o povo está longe de conceber. Minerais valiosíssimos, as mais caras obras de arte — é a opulência digna de um império portentoso.

A mulher "estava embriagada com o sangue dos santos e com o sangue das testemunhas de Jesus" (Ap 17:6). Para constatar a veracidade dessa afirmação, basta ver apenas alguns lances da história: a Noite de São Bartolomeu, as Cruzadas, o

Tribunal do Santo Ofício e a Santa Inquisição, o extermínio de milhares de cristãos e judeus que não aceitaram o domínio da Igreja, entre outros exemplos.

Assim, vemos como o Alto se preocupou com o destino dos seguidores de Jesus, a ponto de deixar bem clara para as gerações futuras até mesmo a localização geográfica e histórica daquilo que deveria ser evitado.

Quando nos referimos à Igreja, que se prostituiu, afastando-se dos ensinamentos cristãos, não queremos com isso denegrir a imagem de seus seguidores e fiéis. A Igreja aqui é apontada como sendo a soma das idéias, das doutrinas e dos pensamentos que geraram um sistema que se afigurou completamente contrário aos ensinamentos do Cristo. Com certeza, o Alto sempre enviou seus missionários para alertar os dirigentes religiosos e exemplificar as verdades cristãs, mas a Igreja, cega, não deu ouvidos e continuou por caminhos tortuosos, que a levaram cada vez mais distante de Deus.

Toda organização que, pretendendo ser representante de Jesus, invalida-lhe o ensinamento, por seguir caminhos diferentes daquele traçado pelo Nazareno, inclui-se nessa representação profética [cf. Is 4:1].

O simbolismo da besta e da prostituta, neste capítulo [Ap 17], é representativo, assemelhando-se novamente à figura do livro do profeta Daniel [Dn 7:7-8s]. Esse animal misterioso, inominável, é o símbolo desprezível de todo sistema anticristão, de toda ideologia social, econômica, política ou religiosa que, em suas manifestações, detém a marcha do progresso e atrasa a caminhada da humanidade. Dessa forma, a besta é a imagem das intituições e filosofias falidas, da mentalidade mundana e epicurística, que sempre impulsionou os desmandos de homens tirânicos, de organizações pretensiosas ou nações dominadoras. Embora possam trazer o emblema de sua pretensa santidade, continuam sendo a base dos abusos de toda ordem, que, ao longo do tempo, têm sido a marca de reis, rainhas, governantes e papas que se distanciaram dos propósitos sacrossantos da vida.

A figura da igreja que se prostituiu é o resultado da união entre aqueles que se dizem seguidores do Cristo e as doutrinas e filosofias do mundo. É a imagem do anticristo.

O cálice de ouro que a prostituta segura nas mãos [cf. Ap 17:4] refere-se a seu sistema doutrinário, que, segundo a profecia, ela dá de beber e embriaga todas as nações e habitantes da Terra [cf. Ap 17:2].

Disfarçada de ouro, púrpura e escarlate, faz-se representar, entre as nações do mundo, pela aparência. Sua filosofia é baseada em questões exteriores, como bem nos mostra o Apocalipse, enquanto a filosofia do Cristo se baseia no homem interno, nos valores morais, na reforma dos padrões de conduta, enfim, numa ética profundamente cósmica, fraterna.

Todo ritual inventado ao longo da história religiosa tem como finalidade encobrir a deficiência dos verdadeiros valores da alma. Os templos luxuosos, as roupas e paramentos e quaisquer outras formas externas de se apresentar indicam a escassez dos valores eternos, íntimos, verdadeiros e substantivos.

A união com os poderes políticos afastou a Igreja da divina missão de representar o Cristo. Observe-se o porte dos altos dignitários da Igreja, com sua imponência e majestade; verifique-se a pompa e o fausto do Vaticano. Ao lado, procure-se colocar a figura singela do Rabi da Galiléia, andando em meio aos pobres e desvalidos pelas areias de Cafarnaum, e então poderemos dimensionar a distância entre ambos.

Prossigamos na análise do texto apocalíptico:

> "Então o anjo me disse: Por que te admiras? Eu te direi o mistério da mulher, e da besta que a leva, a qual tem sete cabeças e dez chifres.
>
> A besta que viste era e já não é, e subirá do abismo, e irá à sua destruição. Os que habitam na Terra (cujos nomes não estão escritos no livro da vida desde a fundação do mundo) se admirarão, vendo a besta que era e já não é, mas que virá.
>
> Aqui é necessário a mente que tem sabedoria. As sete cabeças são sete montes, sobre os quais a mulher está assentada.
>
> São também sete reis. Cinco já caíram, um existe, o outro ainda não é chegado. Quando vier, convém que dure um pouco de tempo.
>
> A besta que era e já não é, é o oitavo rei. Pertence aos sete, e vai à sua destruição.
>
> Os dez chifres que viste são dez reis que ainda não receberam o reino, mas receberão a autoridade, como reis, por uma hora, juntamente com a besta.
>
> Estes têm um mesmo intento, e entregarão o seu poder e autoridade à besta.
>
> Guerrearão contra o Cordeiro, e o Cordeiro os vencerá, porque é o Senhor dos senhores e o Rei dos reis; vencerão também os que estão com ele, chamados eleitos, e fiéis.
>
> A mulher que viste é a grande cidade que reina sobre os reis da Terra."

Ap 17:7-14,18

A grande prostituta

A grande cidade que reinava sobre os reis da Terra, à época da profecia de João, era Roma. Hoje, é sede do poder temporal e espiritual de uma Igreja que traiu o Cristo.

O mistério dos sete reis de Roma [cf. Ap 17:9-10] se poderá entender, mais precisamente, ao se verificar que o império teve diversos tipos de governo, entre os quais: matriarcado, patriarcado, triunvirato, decenvirato e reinado — os cinco reis ou formas de governo que, na época de João, já haviam caído. Segundo o emissário espiritual, "um existe": o império; outro ainda não é vindo: a república.

No segmento profético, vemos que a besta seria o "oitavo" reino [cf. Ap 17:11] e procederia dos sete, ou seja, era o resultado do mesmo sistema político-filosófico que dera origem aos demais reinos ou governantes. Era o papado, denominado de *a besta* justamente por ser um poder bastante diferente [cf. Dn 7-8s] dos demais, pois era a união do poder político com o religioso.

Besta: algo inominável, inconcebível dentro do planejamento para a evolução da idéia cristã na Terra. Agente de todas as barbáries cometidas durante mais de mil anos de trevas morais, em que tal poder prevaleceu no planeta, teve como resultado a Idade Média, as trevas medievais, o reino do terror, das sombras da ignorância e da escuridão espiritual.

AS DUAS TESTEMUNHAS

CAPÍTULO 11

[Ap 11]

"E darei poder às minhas duas testemunhas, e profetizarão por mil duzentos e sessenta dias, vestidas de saco.

Quando acabarem o seu testemunho, a besta que sobe do abismo lhes fará guerra e os [as] vencerá e matará.

E os seus corpos jazerão na praça da grande cidade, que espiritualmente se chama Sodoma e Egito, onde o seu Senhor também foi crucificado.

Os que habitam na Terra se regozijarão sobre eles, e se alegrarão, e mandarão presentes uns aos outros, porque estes dois profetas tinham atormentado os que habitam sobre a Terra."

Ap 11:3,7-8,10

Com o objetivo de alinhar cronologicamente algumas das profecias do Apocalipse, que são apresentadas por João Evangelista na ordem em que as recebeu, examinamos agora a simbologia das duas testemunhas, contida no capítulo 11 do livro.

Durante o período de trevas da Idade Média — os 1.260 anos profetizados tanto por Daniel como por João —, uma das estratégias levadas a cabo pela *besta* foi impedir a difusão da palavra do Evangelho e o esclarecimento dela decorrente. Desde que se estabeleceu o poder de Roma, e esta, através de seus representantes, pretendeu dominar as consciências, proibiu-se a leitura dos textos evangélicos; se fosse permitida, as mentes se abririam e se libertariam do jugo consciencial que lhes era imposto.

Banidas a leitura e a livre interpretação da Palavra, considerada sagrada, estaria aberto o caminho para que as trevas lançassem seu manto de ignorância nos corações humanos, como na realidade o fizeram, salvo exceções naturais, que houve em todos os tempos.

Calcado na ignorância humana e patrocinado pelo poder secular, observou-se esse triste capítulo da história humana: a Palavra "vestida de saco" (Ap 11:3), isto é, enclausurada, restrita aos mosteiros e ao latim, tão distante das populações.

As duas testemunhas apresentadas no Apocalipse são, na verdade, as duas primeiras revelações, sintetizadas no Antigo e no Novo Testamentos: "Estas são as duas oliveiras e os dois candeeiros que estão diante do Senhor da Terra" (Ap 11:4). Apesar das proibições da Igreja, as duas testemunhas continuaram exercendo seu papel esclarecedor, através das mãos abençoadas de indivíduos que desafiaram os poderes terrenos e lutaram para promover a libertação das consciências. Cumpria-se, assim, a promessa do anjo: seria dado poder às testemunhas, que, mesmo no claustro, profetizariam (Ap 11:3).

Durante os séculos seguintes, as duas testemunhas, o Antigo e o Novo Testamentos, permaneceram como a fonte de ensinamentos acerca da justiça e do amor de Deus para com os homens do mundo.

> "Quando acabarem o seu testemunho, a besta que sobe do abismo lhes fará guerra e os [as] vencerá e matará."
>
> Ap 11:7

Após as sementes lançadas pelos falsos representantes do cristianismo, os homens, já cansados de tanta barbárie praticada em nome da religião, em nome de um Deus incompreensível, indignaram-se e promoveram uma revolução de idéias. Repudiaram a religião e, através dela, o Deus que não compreendiam, sintetizado na religião dos papas. Explodiu a Revolução Francesa, que, em lugar da religião, entronizou a deusa Razão; para representá-la, foi escolhida uma prostituta, símbolo que denotava o espírito de revolta contra o sistema reinante.

Na França, em Paris, foram desdenhadas as duas testemunhas, através dos atos cometidos na Revolução Francesa, no pretenso extermínio da religião e de Deus. Os homens, cansados de serem explorados e de terem a consciência manipulada, optaram pelo extremismo: declararam a morte da fé, de Deus, da religião. Consumava-se então a morte simbólica das duas testemunhas [Ap 11:4-6 assegura que seu poder não é transitório, mas eterno]. E ela ocorre justamente na cidade considerada a cidade das luzes — onde o ensino do Cristo foi abolido por decreto da Revolução e dos revolucionários —, ou seja, no local exato cuja profecia indicava: "onde o seu Senhor [das testemunhas] também foi crucificado" (Ap 11:8).

Dessa forma, vê-se que as duas testemunhas foram *mortas* pelo poder da "besta que sobe do abismo" (Ap 11:7) e, ainda em completo acordo com as visões de João Evangelista, não ficaram mortas por muito tempo, pois diz a profecia:

> "Depois daqueles três dias e meio o espírito de vida, vindo de Deus, entrou neles, e puseram-se de pé, e caiu grande temor sobre os que os viram."
>
> Ap 11:11

*A visão das duas testemunhas,
representação do Antigo e do Novo testamentos*

Nesse trecho da profecia, três dias e meio, em tempos proféticos, representam três anos e meio.

Em 1793, sob o pesado manto do Terror e da guilhotina, foi decretada, pela Assembéia francesa, a abolição da religião e das Escrituras, consideradas sagradas por todos os povos cristãos. Três anos e meio mais tarde, essa mesma Assembléia revogou o decreto, concedendo tolerância à religião.

A Revolução Francesa não foi apenas um alerta às instituições e aos poderes famigerados dos homens, que, em sua ânsia de liberdade, repudiaram qualquer filosofia religiosa. A presença da religião sobre a face da Terra foi considerada um tormento para os homens; por isso, pretenderam bani-la.

Entretanto, ao *crucificar* simbolicamente o Senhor, o filho de Deus [cf. Ap 11:8], declararam também o extermínio da fé e do amor. Ainda assim, a esperança paira, acima de quaisquer obstáculos, evidenciando que a segurança dos povos da Terra repousa na misericórdia de Deus. A Suprema Sabedoria, uma vez mais, soube enviar aos homens as mensagens de amor, como alerta sempre oportuno para que corrijam sua rota e retornem ao caminho do bem.

A sétima trombeta

Nessa mesma época, logo após os eventos da Revolução Francesa, assistiu-se ao cumprimento de mais uma profecia.

> "O sétimo anjo tocou a sua trombeta, e houve no céu grandes vozes, que diziam: Os reinos do mundo vieram a ser de nosso Senhor e do seu Cristo, e Ele reinará para todo o sempre.
>
> Abriu-se no céu o templo de Deus, e a arca da sua aliança foi vista no seu santuário. E houve re-

> lâmpagos, vozes e trovões, e terremoto e grande chuva de pedras."

Ap 11:15,19

Vimos que o vidente de Patmos registrou este momento sublime da história humana, simbolizado pela sétima trombeta, como o segredo ou "o mistério de Deus" (Ap 10:7). Séculos antes, porém, o profeta e médium Joel já havia profetizado, no Antigo Testamento, o tempo em que se cumpriria aquilo que ele denominou "o dia do Senhor" (Jl 2).

> "E depois derramarei o meu Espírito sobre toda a carne, e os vossos filhos e as vossas filhas profetizarão, os vossos velhos terão sonhos, os vossos jovens terão visões.
>
> Até sobre os servos e sobre as servas naqueles dias derramarei o meu Espírito."

Jl 2:28-29

Essas e outras diversas passagens referem-se à vinda do Espírito Consolador, com sua falange de imortais, que são as *vozes* dos céus [cf. Ap 11:19] e que se fizeram ouvir de um lado a outro do planeta. Dos Estados Unidos, iniciando com as irmãs Fox em 1848, às mesas girantes, que espalharam-se por toda a Europa, provocaram "terremotos" e abalaram as estruturas da sociedade materialista em seu auge, na segunda metade do século XIX. Com "relâmpagos e vozes", através da mediunidade, promoveram um fértil período de manifestações mediúnicas.

Velozes como o relâmpago, os espíritos do Senhor vieram trazer a mensagem consoladora, resgatar a dignidade humana e dar sentido à moral e à religião, exemplificando a fé que é capaz de "encarar a razão face a face, em todas as épocas da humanidade", conforme assevera Allan Kardec na epígrafe de *O Evangelho segundo o espiritismo*. Estabelecem, esses mensageiros do Altíssimo, os pilares inamovíveis de uma nova era: a era do espírito imortal. Ao reconhecer a primazia do Cristo, o Senhor dos espíritos, trazem à Terra a essência do cristianismo, que é a mensagem de Jesus nos dias recuados da Galiléia, da Judeía, de Genesaré. Dessa maneira, abalam eternamente as convicções materialistas com a revelação de Deus, da imortalidade da alma, da sobrevivência do espírito além da morte física; através da mediunidade, demonstram a justiça da reencarnação e as demais leis espirituais, que regem o intercâmbio entre os que se julgam vivos e os chamados mortos.

Os terremotos, trovões e vozes são o símbolo do movimento mundial que os espíritos deflagaram. Através dos fenômenos mediúnicos, mostram a "arca da sua aliança" que "foi vista no seu santuário" (Ap 11:19), isto é: as revelações que os espíritos superiores trouxeram e foram codificadas por Allan Kardec, restaurando o *santuário*[15], símbolo de todo o conhecimento universal para os judeus.

Para compreendermos melhor os termos do Apocalipse, há que se considerar que a "arca da aliança" [Ex 25:10 etc.] era um móvel revestido de ouro, que era carregado pelos israelitas como depositário das leis que Moisés trouxe do Monte Sinai. Mais tarde, mesmo perdida, permanecia como representação da revelação divina para os homens. É assim que o espiritismo

---

[15] Sobre o santuário, ver Dn 8:14s e sua interpretação em *Gestação da Terra: da criação aos dias atuais, uma visão espiritual da história humana*, cap. 19. Robson Pinheiro pelo espírito Alex Zarthú, Casa dos Espíritos Editora, 2002.

remonta, a seu turno, a essa simbologia bíblica da arca divina, pois traz os ensinamentos espirituais para um nova humanidade, em sua fidelidade original.

A doutrina espírita é o reflexo das *vozes* dos céus e reconduz o homem aos braços do Cristo. Em 18 de abril de 1857, com o lançamento de *O livro dos espíritos*, inaugurou-se na Terra a era nova, sob o patrocínio das falanges do Consolador.

AS TRÊS MENSAGENS: JUSTIÇA, AMOR E VERDADE

CAPÍTULO 12
[Ap 14]

"Vi outro anjo voando pelo meio do céu, tendo um evangelho eterno para proclamar aos que habitam sobre a Terra e a toda nação, e tribo, e língua, e povo,

dizendo com grande voz: Temei a Deus, e dai-lhe glória, porque é chegada a hora do seu juízo. E adorai aquele que fez o céu, a terra, o mar e as fontes das águas.

Um segundo anjo o seguiu, dizendo: Caiu, caiu a grande Babilônia, que a todas as nações deu a beber do vinho da ira da sua prostituição.

Seguiu-os ainda um terceiro anjo, dizendo com grande voz: Se alguém adorar a besta, e a sua imagem, e receber o sinal na sua testa, ou na sua mão (...).

Não têm repouso nem de dia nem de noite os que adoram a besta e a sua imagem, e aquele que receber o sinal do seu nome.

Aqui está a perseverança dos santos, daqueles que guardam os mandamentos de Deus e a fé em Jesus.

Então outro anjo saiu do templo, clamando com grande voz ao que estava assentado sobre a nuvem: Lança a tua foice e ceifa, porque é chegada a hora de ceifar, pois já a seara da Terra está madura."

Ap 14:6-9,11-12,15

O "evangelho eterno" (Ap 14:6) é a expressão das verdades espirituais, conforme a época e o estado evolutivo dos homens. A verdade em si é eterna, absoluta. No entanto, a compreensão dos homens é sempre transitória e depende de sua conscientização das leis da vida; seu entendimento expande-se segundo se ampliam suas capacidades.

O grande objetivo dos seres sublimes que nos administram os destinos é ampliar-nos a consciência e proporcionar-nos oportunidades cada vez mais amplas de integração com a vida.

Numa época em que a humanidade arrastava-se nas expressões mais materializadas, em que o conhecimento era escasso, o Plano Superior enviou à Terra o mais elementar conceito de justiça: a lei dos dez mandamentos [Ex 20:3-17], cuja essência permanece até hoje incompreendida pelos homens. Essa lei reflete as claridades do Mundo Maior e traz impressa em seus ensinamentos a idéia de Deus e a responsabilidade para com o próximo.

A idéia de Deus, criador e mantenedor de toda a vida, "que fez o céu, a terra, o mar e as fontes das águas" [Ap 14:7, cf. Ex 20:11], sempre foi a tônica de toda a mensagem do Antigo Testamento, personificada no grande legislador hebreu, Moisés. Conceitos de paternidade divina [Ex 20:2,6], fidelidade [vv.3-7], senso de limites e trabalho [vv.8-11], autoridade [vv.12], respeito à vida [vv.13-14], honestidade [vv.15-17] e contentamento [vv.8] exalam dos primeiros ensinamentos trazidos à humanidade pelo emissário celeste.

Era o início de uma longa jornada, e os filhos, ainda crianças, necessitavam de conceitos elevados e dispostos de maneira a falar

Jesus e as três revelações

mais fundo às suas mentes espiritualmente infantis. O homem se encontrava na primeira fase de crescimento espiritual.

Essa era a mensagem do primeiro anjo que João vê neste momento (Ap 14:6-7).

Transcorreram-se séculos de lutas e elaboração lenta dos princípios do Evangelho eterno nos corações humanos. Com o passar do tempo, porém, as verdades contidas em tais princípios foram maculadas, desrespeitadas e mesmo desprezadas — embora o povo que se dizia apologista dessa primeira revelação se julgasse eleito do Eterno, defensor da ordem e da disciplina.

Além desse aspecto, a seara humana amadurecera, e fazia-se necessário que o conceito de *justiça* fosse desdobrado na vivência do *amor*, pois a justiça divina age na mesma proporção de sua misericórdia. Experimentar a vivência do amor-caridade — o *amor-ágape* do apóstolo Paulo — colocaria termo aos desmandos das crianças espirituais, dos homens da sociedade, dos religiosos de todas as épocas.

Era o clamor do segundo anjo, da segunda mensagem, que descera à Terra para alertar o homem quanto à derrocada dos poderes humanos ante a força soberana do amor: "Caiu, caiu a grande Babilônia" (Ap 14:8). Todas as pretensões humanas — sintetizadas aqui na figura da suntuosa Babilônia — quedam-se diante da magnitude do amor maior. Jesus, o divino Enviado, foi a personificação dessa mensagem sublime e eterna; sua vida e seus ensinos foram o clamor do segundo anjo, ou a segunda revelação.

Através da vivência elevada dos princípios do Mestre, tombaram o sistema legalista e antifraterno do mundo antigo, bem como as filosofias responsáveis pelos insucessos humanos. O segundo anjo [Ap 14:8] é a verdade cristã do amor e da caridade, personificada magistralmente pelo Cristo. Com sua moral cósmica, Ele promoveu a queda dos poderes da *Babilônia*, ou seja: do sistema materialista-religioso, do império da força e da violência e da filosofia de vida que alimentava todo um planeta, modificando eternamente as bases sobre as quais se ergueria o progresso de povos e nações. Jesus resume em si o clamor do segundo anjo ou enviado de Deus.

O terceiro anjo, que também se achava "voando pelo meio do céu" [Ap 14:6; cf. vv.13] com os demais, anuncia sua mensagem "com grande voz" (Ap 14:9). Ele personifica o resultado da ação do Consolador, a *grande voz* dos espíritos. Vinda de toda a extensão do plano espiritual — o *céu* —, sua voz institui o reinado do espírito, liberta as consciências, e inaugura no planeta a fase de maioridade espiritual da humanidade terrena.

Com a chegada do Consolador, estabelece-se o marco inicial de uma nova era. É o *tempo do fim* ou o *fim dos tempos* de ignorância, pois que traz ao mundo o período da "perseverança dos santos, daqueles que guardam os mandamentos de Deus e a fé em Jesus" (Ap 14:12). Ao aliar ciência e religião em uma maravilhosa síntese do Evangelho eterno, a terceira revelação prepara o homem para a verdade: a vivência plena do amor e a compreensão dos princípios da justiça.

O espiritismo é a voz do terceiro anjo, que João presencia no capítulo 14. Agora, a "seara da Terra está madura" (Ap 14:15) para a vindima: é hora de ceifar. Com a doutrina espírita, amadurece o tempo determinado para que o novo homem desperte e, das cinzas de um mundo velho, renasça para a glória de filho de Deus, cidadão do universo.

A BESTA E O FALSO PROFETA

CAPÍTULO 13
[Ap 13; 19]

"Então vi subir da terra outra besta, e tinha dois chifres semelhantes aos de um cordeiro, mas falava como dragão.

Exercia toda a autoridade da primeira besta na sua presença, e fazia que a Terra e os que nela habitavam adorassem a primeira besta, cuja chaga mortal fora curada.

E fez grandes sinais, de maneira que até fogo fazia descer do céu à terra, à vista dos homens.

Por causa dos sinais que lhe foi permitido fazer na presença da besta, enganava os que habitavam na Terra, e dizia-lhes que fizessem uma imagem à besta que recebera a ferida da espada e vivia.

Foi-lhe concedido também que desse fôlego à imagem da besta, para que ela falasse, e fizesse que fossem mortos todos os que não adorassem a imagem da besta.

E fez que a todos, pequenos e grandes, ricos e pobres, livres e escravos, lhes fosse posto um sinal na mão direita, ou na testa,

para que ninguém pudesse comprar ou vender, senão aquele que tivesse o sinal, ou o nome da besta, ou o número do seu nome."

Ap 13:11-17

Conforme demonstramos anteriormente, a besta ou animal inominável é a representação de todo e qualquer princípio filosófico, religioso, político ou econômico cujas bases estão alicerçadas contrariamente aos princípios do Evangelho eterno. Esse animal é a síntese dos poderes que se interpõem entre os valores cósmicos do Evangelho e o progresso do espírito.

Ao longo do tempo, certos filhos da Reforma foram perdendo a simplicidade dos reformadores; aos poucos, copiam a suntuosidade de Roma, como uma imagem de seu poder. As vestes suntuosas e os templos erigidos em "ouro e pedras preciosas" (Ap 17:4) foram substituídos pelos ternos de casimira e pelo poder de indução semi-hipnótico dos dirigentes protestantes. A simplicidade, tão defendida por Lutero e Calvino, Wycliff e Zuínglio, foi substituída pela pompa dos templos modernos. A própria pretensão de serem os donos da verdade só se iguala às pretensões do papado nos séculos transatos.

Hoje, certas vertentes do protestantismo copiam todo o orgulho e a pretensão de Roma. Sua organização e a estrutura de seus cultos são, na verdade, "a imagem da besta" (Ap 13:15), ou seja: a réplica da decadente prostituta romana. A cerimônia do espetáculo, alardeada por tais segmentos religiosos, faz com que toda a população se maravilhe perante os supostos "sinais" e prodígios que dizem realizar: "E fez grandes sinais, de maneira que até fogo fazia descer do céu à terra, à vista dos homens" (Ap 13:13).

O fogo, no movimento pentecostal, neo-pentecostal e carismático, é o símbolo do poder miraculoso do chamado "espírito santo", que se alastra entre diversas seitas e religiões de fé protestante ou pseudo-reformistas. Julgam que esse *fogo*, ou poder sobrenatural, é enviado direto dos céus à Terra, enquanto supostos sinais e pretensos milagres são realizados diante dos olhos estupefatos de milhões de jovens e demais pessoas que entram em contato com tais cultos. Todavia, a profecia é clara: é um fogo "à vista dos homens" (Ap 13:13), portanto, é um poder ilusório, e não real; apenas é tido como tal, diante dos olhos dos homens.

O ser humano, em todas as épocas da história, tem se fascinado com demonstrações de fenômenos. Qualquer coisa que fuja ao habitual é logo classificada como milagre, desde que a ignorância popular rejeita a explicação racional, lógica, do fato ocorrido. No tocante às religiões terrenas, muitos fenômenos igualmente têm ocorrido, guardando sua natureza psíquica ou paranormal — quase todas as religiões foram instituídas sobre esta base: a manifestação mediúnica. Sendo todos os homens sensíveis, em maior ou menor grau, a esse ou aquele indício da presença espiritual, é natural que, desde sempre, tenham obtido comunicações do mundo extrafísico. Apesar das explicações racionais que o espiritismo lhes confere, há aqueles que desejam permanecer na ignorância, ou que possuem seus motivos para manter a multidão alheia às verdades espirituais. Tanto agora como em outra épocas, têm procurado envolver os fenômenos medianímicos numa aura de misticismo e de sinais miraculosos, visando a objetivos nem sempre confessáveis.

Contudo, no relato do Apocalipse, fala-nos o autor de um *fogo* que hoje em dia é o símbolo do movimento pentecostal: o fogo do espírito, que, segundo os ensinamentos

O falso profeta faz fogo "à vista dos homens" [Ap 13:13]

dessas próprias denominações religiosas, é o poder de fazer milagres, curar e expulsar demônios. Ardilosamente, esse é um *fogo* à vista dos homens, que "enganava os que habitavam na Terra" (Ap 13:14); é o produto da manipulação das consciências mais simples.

As cerimônias religiosas e os cultos que mantêm sua base doutrinária sob a aura mística de milagres e prodígios estão incorrendo em graves erros, e seus representantes agem em prejuízo de si mesmos. Em mais de uma ocasião, Jesus alerta-nos quanto àqueles que dizem fazer sinais e prodígios e se esquecem do mais importante: a misericórdia, a caridade. Recordemos dois exemplos:

> "Muitos me dirão naquele dia: Senhor, Senhor, não profetizamos nós em teu nome? e em teu nome não expulsamos demônios? e em teu nome não fizemos muitos milagres?
>
> Então lhes direi abertamente: Nunca vos conheci. Apartai-vos de mim, vós que praticais a iniqüidade!"
>
> Mt 7:22-23

> "Ai de vós, escribas e fariseus, hipócritas! Dais o dízimo da hortelã, do endro e do cominho, mas negligenciais o mais importante da lei, a justiça, a misericórdia e a fé."
>
> Mt 23:23

Lamentavelmente, vemos o poder temporal e o orgulho, a pretensão dos papas dominando os dirigentes dos filhos da Reforma protestante, que esqueceram seu legado, transformando-se, dia a dia, na decrépita imagem de Roma, na imagem da besta "cuja chaga mortal fora curada" (Ap 13:12).

Lentamente o protestantismo vai adquirindo bens materiais, dominando redes de comunicação e elevando-se no panorama político do mundo [cf. Ap 13:16-17], através de seus pastores e seguidores. Apesar de julgarem ser os legítimos seguidores de Jesus, os únicos "salvos", conservam, como características principais, a arrogância, a presunção de serem os exclusivos, e a intolerância religiosa para com aqueles que não rezam segundo seu catecismo, que não crêem como eles. Infelizmente, presenciamos na atualidade a escalada de um outro poder político-religioso, a própria imagem de Roma, da Roma dos papas e cardeais: a imagem da besta "que recebera a ferida da espada e vivia" (Ap 13:14).

> "E a besta foi presa, e com ela o falso profeta que diante dela fizera os sinais com que enganou os que receberam o sinal da besta, e os que adoraram a sua imagem."
>
> Ap 19:20

Podemos notar, ainda, que esses nossos irmãos têm sido reconhecidos como excelentes pregadores, mas, de modo lastimável, conservam-se infinitamente distantes do exemplo do Cristo. São falsos profetas, pois de nada adianta falar o nome de Jesus, clamar o "poder do fogo do espírito santo" e continuar ignorando a dor e o sofrimento dos irmãos de humanidade. Enquanto muitos pregam e bradam ao calor dos microfones, cantam aleluias e "glorificam" o nome do Senhor, crianças choram, velhos tremem de frio e multidões se encontram sob as marquises da vida, esperando a contribuição e a caridade daqueles que dizem representar o meigo Nazareno.

Tal atributo, o de ignorar a realidade do mundo, prova também a falsidade desses religiosos a vociferar em seus púlpitos. Examinemos apenas algumas das palavras que o apóstolo Tiago redige sobre o tema [Tg 2:14-26], em sua epístola:

> "Meus irmãos, que proveito há se alguém disser que tem fé, e não tiver obras? Pode essa fé salvá-lo?
>
> Se o irmão ou a irmã estiverem nus, e tiverem falta de mantimento cotidiano,
>
> e algum de vós lhes disser: Ide em paz; aquentai-vos e fartai- vos, mas não lhes derdes as coisas necessárias para o corpo, que proveito há nisso?
>
> Assim também a fé, se não tiver obras, é morta em si mesma."

Tg 2:14-17

AS SETE PRAGAS E AS SETE TAÇAS DA IRA

CAPÍTULO 14
[Ap 15-16]

> "Vi no céu outro sinal, grande e admirável: sete anjos, que tinham as sete últimas pragas; porque nelas é consumada a ira de Deus.
>
> E vi como que um mar de vidro misturado com fogo, e os que tinham vencido a besta e a sua imagem e o número do seu nome, estavam em pé junto ao mar de vidro."
>
> Ap 15:1-2

Observando suas visões, João, o apóstolo do amor, vê entrar em cena sete anjos ou mensageiros, cujo objetivo era revelar aos homens a *ira divina* [cf. Ap 15:5-7] — isto é, o resultado de suas próprias ações. As sete taças representavam justamente a colheita compulsória das experiências humanas, consideradas como *ira de Deus*.

Por força da lei divina, os efeitos se sucedem de tal maneira que o ser humano recolha da vida a cota de frutos correspondente àquilo que semeou, com exatidão. Quando essa colheita se realiza de forma mais difícil, por meio de eventos drásticos ou rigorosos, freqüentemente o homem sente-se visitado pelo que chama de *ira de Deus*. Não obstante, essa ira nada mais é do que o resultado da lei de causa e efeito, que entra em cena, obrigando o semeador a colher os frutos em conformidade com a qualidade da semente.

A partir desse ponto de vista, podemos interpretar ou buscar o ensinamento contido nos capítulos 15 e 16 do livro profético-mediúnico do apóstolo João.

A primeira taça

> "Então ouvi, vinda do templo, uma grande voz que dizia aos sete anjos: Ide, e derramai sobre a Terra as sete taças da ira de Deus.
>
> O primeiro saiu e derramou a sua taça sobre a Terra, e apareceu uma chaga feia e dolorosa nos homens que tinham o sinal da besta e que adoravam a sua imagem."
>
> Ap 16:1-2

A interpretação profética que leva em conta somente o ponto de vista material não nos oferece grandes possibilidades de esclarecimento. No entanto, pode-se aliar à visão literal a ótica espiritual ou moral, a fim de se encontrar a mensagem luminar por trás da alegoria.

A profecia é clara ao afirmar que "apareceu uma chaga feia e dolorosa" (Ap 16:2) naqueles que se identificavam com os ideais da besta e da sua imagem.

Tudo no universo é questão de sintonia; é da lei que semelhante atraia semelhante. Sendo assim, é lógico concluir que, através desse processo de sintonia, aqueles que se ligam, por um motivo ou outro, aos princípios materialistas, negativistas ou abjetos provavelmente atrairão para si situações compatíveis com seu estado mental.

Sem que nos atenhamos à interpretação literal da profecia, podemos identificar a "chaga feia e dolorosa" nas obras que, de modo geral, visam a entravar o progresso da comunidade global, empreendidas por aqueles que se consorciam com os ideais da besta, bem como em seus comportamentos e atitudes desequilibradas. Lascívia, sensualidade, omissão, negligência, desonestidade, culto ao prazer fugaz, materialismo e prepotência são alguns dos atributos ou *chagas morais* que aparecem e se desenvolvem nos homens não renovados pelo Evangelho de Jesus.

A segunda taça

> "O segundo anjo derramou a sua taça no mar, que se tornou em sangue como de um morto, e morreram todos os seres viventes que estavam no mar."
>
> Ap 16:3

As atitudes desmedidas, a falta de respeito à vida, a cobiça, o apego exagerado ao dinheiro têm feito com que o homem destrua a própria natureza que o criou e da qual faz parte. No momento inicial, ao ser vertida a primeira taça, a situação moral, as *chagas morais* ficaram patentes no posicionamento dos homens diante da vida. Ao ser derramada a segunda taça, que indica uma etapa subseqüente nos eventos mundiais, vemos materializarem-se tais chagas, através da ação do homem na natureza, no meio em que vive e de onde poderia tirar seu sustento. São graves as conseqüências da inércia humana, que ainda não se libertou das deficiências que caracterizam os tempos da primeira taça.

Em atitude de desrespeito à vida planetária, o habitante da Terra polui seriamente as águas dos oceanos e mares, fonte de toda a vida no mundo, promovendo o caos e a destruição dos seres vivos.

Muitas espécies marinhas já foram extintas, e dezenas de outras se encontram em extinção, unicamente em decorrência da ação do homem em seu meio. Aniquila-se lentamente a vida dos oceanos e mares como resultado dos maus-tratos e agressões que os habitantes do mundo cometem em sua própria morada planetária.

No entanto, assim como é claro o acerto da profecia apocalíptica com relação à degradação do meio ambiente, que tomou proporções mais alarmantes nos últimos séculos, também é cristalino o princípio de responsabilidade imposto pela divina lei. Aproxima-se o momento em que o homem, assombrado pela iminente escassez dos recursos naturais, sentir-se-á compelido a voltar os olhos para a natureza, e dedicar-se à reconstrução do que fora devastado.

A terceira taça

> "O terceiro anjo derramou a sua taça nos rios e nas fontes das águas, e se tornaram em sangue."
>
> Ap 16:4

Vemos novamente neste versículo a ação inconseqüente do homem terrestre comprometendo as fontes das águas. Além dos oceanos e mares, a falta de cuidado com o meio ambiente tem estendido a destruição aos rios, aos lagos, às cachoeiras e às fontes de água doce. Tudo isso como resultado da situação moral do ser humano, de seu atraso espiritual; sem atentar para sua renovação íntima, externa em torno de si o desequilíbrio interno. A natureza se ressente, enquanto é agredida pelo próprio homem, que deveria preservá-la.

As condições de vida acabam por se deteriorar cada vez mais, tornando difícil a sobrevivência no mundo. As gerações futuras, sendo afetadas mais diretamente pela natureza revolta, serão obrigadas a avaliar suas atitudes e posições íntimas.

As sete taças da ira

Nas chamadas taças da ira, notadamente da primeira à quarta, está implícito o apelo do Alto, como alerta aos terrestres para a situação que eles mesmos estão criando na casa planetária.

A quarta taça

> "O quarto anjo derramou a sua taça sobre o sol, e foi-lhe permitido que abrasasse os homens com fogo.
>
> Os homens foram abrasados com grande calor, e blasfemaram contra o nome de Deus, que tem poder sobre estas pragas, mas não se arrependeram para lhe darem glória."
>
> Ap 16:8-9

A destruição da natureza, levada a termo de modo irresponsável, afetou também a camada de ozônio, que está para o planeta assim como o duplo etérico está para o ser humano. Da mesma forma que o corpo etérico — denominado corpo vital por Allan Kardec — tem funções protetoras, que preservam o indivíduo encarnado do contato incessante com o astral inferior e suas emanações nocivas, a camada de ozônio impede a ação mais direta e intensa de certos raios solares sobre a superfície planetária. Sem essa proteção natural da atmosfera, os habitantes da Terra ficam expostos à destruição causada por certas radiações solares, geradoras de câncer e outras doenças que têm acometido os habitantes da Crosta.

Os métodos de degradação ambiental têm-se ampliado cada vez mais, porém depende do homem se esse estado de coisas prevalecerá ou não. Ainda é tempo de retomar o equilíbrio. Nas mãos humanas repousa o poder de transformar o panorama diante de seus olhos.

Muitos esperam que os eventos apocalípticos venham de

maneira chocante, espetacular, abrupta e repentina. Contudo, o ser humano já convive com tragédias, abusos e disparates há muito tempo. Devido ao seu estado espiritual, não se deu conta de que vive em meio aos últimos acontecimentos e de que é exatamente em virtude de suas imperfeições ou desequilíbrios que tais coisas acontecem. Não há como culpar Deus ou revoltar-se diante da fúria das catástrofes naturais. O momento atual demanda, sem delongas nem escusas, a renovação radical dos padrões íntimos de conduta, dos ideais e das idéias, para imprimir, no meio ambiente, um estado de equilíbrio e harmonia geral.

A quinta taça

> "O quinto anjo derramou a sua taça sobre o trono da besta, e o seu reino se fez tenebroso. Os homens mordiam as suas línguas de dor,
>
> e por causa das suas dores, e por causa das suas chagas, blasfemaram contra o Deus do céu, e não se arrependeram das suas obras.
>
> Ap 16:10-11

O trono da besta é o símbolo da centralização de todos os poderes e princípios filosóficos contrários aos ensinamentos do Cristo. A profecia da quinta taça prevê a queda de todos os poderes humanos e transitórios, que não se sustentaram pelo amor e não se firmaram na palavra de Jesus — ou, na linguagem do evangelista, não edificaram sua casa sobre a rocha:

> "Aquele que ouve estas minhas palavras, mas não as cumpre, será comparado ao homem insensato, que edificou a sua casa sobre a areia".
>
> Mt 7:26

Nações, religiões, organizações e filosofias serão abaladas em seus princípios e fundamentos. Passarão, como passam as folhas ao vento, diante da inegável força do amor de Jesus.

As trevas em que se encontram as instituições assentadas sobre o *trono da besta,* isto é, fundadas sobre pilares antifraternos e não-humanitários, impedem que seus dirigentes e integrantes vejam a beleza da Estrela Polar do Evangelho: o amor, força dinâmica da vida.

O afastamento dos princípios superiores da vida faz com que as trevas morais dominem o *trono da besta*, não importando onde se encontre esse trono — nas nações, nas academias e templos do conhecimento ou nas sedes das religiões —, pois qualquer um que não se submeta ao jugo suave do Divino Pastor se coloca em trevas morais ou espirituais.

Entretanto, ainda é tempo de observar muitos mordendo "suas línguas de dor" (Ap 16:10), ou seja, sendo submetidos a sofrimentos causticantes e, mesmo assim, insistindo em manter suas posturas equivocadas. Ao invés de se voltarem para sua própria intimidade, que clama por renovação, perdem-se em meio a reclamações, injúrias, disputas e discussões infrutíferas. Nessa fase, culpam tudo e todos por seus infortúnios, *blasfemam* e relutam em arrepender-se, como anota o vidente de Patmos [cf. Ap 16:11]. A mestra dor, porém, é infalível, e visita os alunos indisciplinados da escola terrena na hora em que melhor lhe aprouver.

A sexta taça

"O sexto anjo derramou a sua taça sobre o grande rio Eufrates, e a sua água secou-se, para que se preparasse o caminho dos reis do Oriente.

> Então vi três espíritos imundos, semelhantes a rãs, saírem da boca do dragão, da boca da besta e da boca do falso profeta.
>
> São espíritos de demônios, que operam sinais, e vão ao encontro dos reis de todo o mundo, a fim de congregá-los para a batalha, naquele grande dia do Deus Todo-poderoso.
>
> Então congregaram os reis no lugar que em hebraico se chama Armagedom."
>
> Ap 16:12-14,16

Ante as crises mundiais, os representantes dos povos da Terra juntam-se na esperança de salvar a situação planetária. Na atualidade, notam-se diversas iniciativas, geralmente frustradas, principalmente no Oriente Médio, na região do Rio Eufrates, onde os conflitos são particularmente graves e duradouros. Coligações, acordos, tratados, alianças nacionais: tudo isso torna-se inútil se o homem terrestre não atentar para o verdadeiro problema, que está dentro de si mesmo.

Qualquer ação de caráter apenas exterior, que não esteja alicerçada no amor verdadeiro, produzirá somente resultados desastrosos, materialistas, idéias acanhadas ou, em linguagem profética, "espíritos imundos" (Ap 16:13). A paz aparente, mantida através do aumento do número de armas ou do poderio militar, poderá explodir na guerra do Armagedom — ou seja, um conflito global, entre todos os governantes da Terra [cf. Ap 16:14,16] —, pois a verdadeira paz é aquela alicerçada na renovação e reeducação do homem interno. Na verdade, já se pôde assistir às guerras mundias do século xx, entre outras, que foram suscitadas, em parte, por causa da corrida armamentista.

Movimentam-se povos, criam-se governos e instituições, crescem as religiões, mas o que se tem produzido muitas vezes são gestos inócuos, "espíritos de demônios, que operam sinais" (Ap 16:14) ou engodos. Sem vontade firme e valores calcados na intimidade do ser, o homem apenas se agita, sem nada realizar; destrói, sem coisa alguma construir. A humanidade clama por renovação.

A sétima taça

> "O sétimo anjo derramou a sua taça no ar, e saiu grande voz do templo do céu, do trono, dizendo: Está feito.
>
> E houve relâmpagos, vozes, trovões, e um grande terremoto, como nunca tinha havido desde que há homens sobre a Terra, tal foi o terremoto, forte e grande.
>
> A grande cidade fendeu-se em três partes, e as cidades das nações caíram. Deus se lembrou da grande Babilônia, para lhe dar o cálice do vinho da indignação da sua ira.
>
> Todas as ilhas fugiram, e os montes não mais se acharam."
>
> Ap 16:17-20

Diante dos acontecimentos desencadeados pela insânia dos homens, governos e autoridades, o Alto intervém de forma mais ou menos direta [cf. Ap 16:18], enquanto se estabelece a mudança planetária que prepara a Terra para ser a morada de uma humanidade mais feliz.

A situação moral do mundo deu lugar às mudanças materiais. Antes que seja destruída a escola planetária, em meio ao caos e à indisciplina de seus alunos rebeldes, é imposta uma nova ordem: "Está feito" (Ap 16:17). Indivíduos, povos e nações, governos e instituições, religiões e religiosos *caem*, são *fendidos* em sua estrutura e, então, são substituídos [cf. Ap 16:19]. Passam, e desaparecem para ceder lugar a uma nova era, enquanto a Terra, com a face renovada, é preparada para a habitação do novo homem: o homem espiritual.

Como se pode ver, a renovação da crosta do planeta [cf. Ap 16:20], nesse contexto, obedece a leis sublimes, e tem lugar objetivando a nova civilização que a humanidade adentrará. As terras que no passado foram submersas, como nos tempos da Atlântida, conservam-se sob as águas para se retemperar; aos poucos, surgirão por efeito da natureza ou pela interferência do homem terrestre, ao provocar a destruição do solo. Tais terras submersas poderão, no futuro, produzir muito mais, para a nova humanidade, a nova civilização espiritualizada. Seus recursos minerais se encontrarão mais atuantes e expressivos devido ao longo tempo em que permaneceram sob as águas.

Lentamente, presenciam-se as águas do mar tomando conta de vastas regiões do planeta, enquanto as calotas polares se derretem, cedendo aos poucos às transformações graduais que se processam no seio da Terra. As regiões que agora se encontram submersas com certeza formarão novos continentes, novos núcleos de desenvolvimento humano. É a renovação da face do mundo.

As alterações não se darão brusca e repentinamente, no entanto. A natureza dispõe de recursos para promover tais eventos, uma vez que a grande transformação que devemos aguardar — e contribuir para que aconteça — é a transformação íntima, espiritual, dos habitantes do mundo.

Somente aqueles que se adequarem aos princípios sublimes do Evangelho cósmico do amor encontrarão segurança e guarida na nova Terra.

Regimes políticos, econômicos e instituições humanas não resistirão às mudanças que se operarão neste novo ciclo. Mesmo "as cidades das nações" (Ap 16:19) serão abaladas e ruirão, pois os grandes centros urbanos têm acumulado, em sua psicosfera espiritual, os fluidos mórbidos oriundos dos desajustes morais de seus cidadãos. Egrégoras negativas têm-se formado sobre as grandes capitais do mundo, devido ao amontoamento de energias densas, nocivas, barônticas.

Roma, a grande cidade das nações, — cidade secular, cuja história espiritual tem sido escrita com o sangue de inocentes, sobre a miséria dos pobres e o domínio religioso das consciências — será profundamente afetada. Identificada nos escritos do Novo Testamento como Babilônia, de acordo com a tradição, é um local que possui expressiva carga tóxica em sua atmosfera, denotando um carma coletivo e milenar, que atrairá, no momento certo, as forças responsáveis pela sua destruição.

Cidades como Nova Iorque, Paris, Londres e diversas outras em todo o mundo, concentram grande marginalidade, crime organizado e uma situação espiritual reprovável, e reúnem, em seus limites geográficos, aqueles espíritos endividados e culpados diante da lei universal.

No instante adequado, quando soar a ampulheta do tempo, será promovido o resgate coletivo e doloroso, transferindo-se, em massa, essa multidão de espíritos culpados para outros mundos, outras terras do infinito. São suas próprias auras que atrairão tais catástrofes. Nesta hora, a morte arrebatará, com seu manto avassalador, as realizações infelizes, os planos sinistros e as almas endividadas que os conceberam, para novo recomeço. Em situações compatíveis com seu estado atrasado, essas almas rebeldes serão recebidas em planetas apropriados, que se perdem na imensidão sideral.

Com tais mudanças, as regiões inferiores do mundo espiritual serão esvaziadas, o umbral não representará mais a reunião de seres infelizes, pois a Terra será saneada, limpa, expurgada dos elementos daninhos que compuseram sua atmosfera astral por tantos séculos. Conforme informa a profecia [cf. Ap 21:1], haverá então um "novo céu" (plano espiritual) e uma "nova Terra" (mundo físico), e o homem terá a oportunidade abençoada de renovar a face sofrida do planeta-escola, trabalhar pelos séculos futuros, para a reconstrução daquilo que outrora desprezou e destruiu. Dos escombros do milênio, surge a esperança de renovação.

O espiritismo, como idéia renovadora, como doutrina consoladora, contribui para a transformação que já se opera, através da inspiração e do esclarecimento de idéias e consciências. Com a disseminação de conceitos de tolerância, responsabilidade e ética cósmica, imbuído de uma visão profundamente otimista, prepara o homem para a vivência plena do amor e da verdadeira fraternidade, que será o lema da nova humanidade terrena.

Comprovando a imortalidade da alma, o espiritismo patenteia, aos olhos humanos, sua origem e destinação divinas. Descerrando o véu que separa os dois lados da vida, vem, através da mediunidade, estabelecer laços de fraternidade entre os habitantes dos dois planos da vida, convidando os homens para a renovação moral e o trabalho incessante em favor do eterno bem. Como Consolador prometido [cf. Jo 14:16 etc.], esclarece que nada está perdido, que todas as experiências são aproveitadas e que há esperança para a humanidade.

Enquanto houver o amanhecer e o sorriso de uma criança, enquanto brotar uma flor e um gesto sequer de altruísmo, é Deus que investe no homem da Terra. Que as multidões não mais esperem mudanças catastróficas, por vezes alimentada pela imaginação popular, que pinta com cores fortes os eventos do fim dos tempos. Em vez disso, lembrem-se das mudanças morais, da transformação interior, única base sobre a qual se efetuará o crescimento do ser, ante a necessidade da hora.

> "Eis que venho como ladrão! Bem-aventurado aquele que vigia e guarda as suas vestes, para não andar nu, e não se veja a sua vergonha."
>
> Ap 16:15

Jesus vem sorrateiro, discreto como um ladrão, na figura utilizada por João Evangelista. Na hora do Senhor, em lugar da nudez íntima, tenhamos a robustez das realizações no bem para envergar. Somente o homem renovado poderá habitar a Terra renovada.

A QUEDA DE BABILÔNIA

CAPÍTULO 15
[Ap 18-19]

"Depois destas coisas vi descer do céu outro anjo que tinha grande autoridade, e a Terra foi iluminada com o seu esplendor.

Ele clamou com poderosa voz: Caiu, caiu a grande Babilônia, e se tornou morada de demônios, e guarida de todo espírito imundo, e esconderijo de toda ave imunda e detestável.

Pois todas as nações beberam do vinho da ira da sua prostituição. Os reis da Terra se prostituíram com ela, e os mercadores da Terra se enriqueceram com a abundância da sua luxúria.

Ouvi outra voz do céu dizer: Sai dela, povo meu, para que não sejas participante dos seus pecados, para que não incorras nas suas pragas (...)."

Ap 18:1-4

Estudando as páginas da Bíblia, podem-se daí extrair os ensinamentos espirituais que orientaram os povos e seus representantes, em todas as épocas, e pelos quais se deixaram guiar. Ao lado disso, há as histórias e lendas, contadas com vistas ao ensinamento do povo de Israel, que refletem a maneira de apresentar as verdades universais.

Ressalva feita ao contexto cultural e social específico daquela sociedade, o livro considerado sagrado é um manancial de conceitos eternos, atemporais; cabe ao leitor desenvolver a capacidade de extraí-los, assim como é necessária habilidade para obter o mineral precioso encontrado em meio às rochas. O aspecto às vezes chocante com que se apresentam certas revelações sublimes é próprio de uma linguagem afeita à maturidade espiritual de indivíduos que viveram há 2, 3 mil anos mas, mesmo aí, é nítida a distinção entre os textos mais antigos e os livros do Novo Testamento, por exemplo. De qualquer forma, a sabedoria divina soube preservar, através de imagens e alegorias, as verdades transcendentais.

É justamente nesse contexto de revelação, de registros históricos e de parábolas que encontramos a figura lendária da Babilônia. Inicialmente o nome é mencionado no primeiro livro da Bíblia, o Gênesis, embora sua pronúncia, na época, diferisse da atual: era *Babel* [cf. Gn 10:10].

No Gênesis, ergue-se a figura imponente da Torre de Babel, centro gerador de intrigas e de idéias considerados pelo povo hebreu como contrários aos planos e aos princípios de Deus. Sem nos atermos às discussões quanto à sua existência real ou à sua localização no tempo, Babel permaneceu como símbolo da ignorância das leis espirituais, do antagonismo às forças do bem e da rebeldia dos homens contra as leis divinas.

Mais tarde, sobre os escombros de suas fundações, foi erguida, segundo a lenda, a poderosa Babilônia, flor do Mediterrâneo e centro do poder político e cultural daquela região, por muitos séculos. Dominou o mundo antigo e alcançou notoriedade por sua arquitetura e seus jardins suspensos, sendo considerada uma das maravilhas do mundo antigo, ainda que sua imagem esteja associada a poder, orgulho, sensualidade e desrespeito.

Nos escritos proféticos, havia a polarização entre duas entidades, Babilônia e Jerusalém, dois símbolos, que assumem papel de verdadeiros personagens antagônicos no enredo do Apocalipse. Babilônia era o símbolo do pecado, da confusão entre os povos e do poder temporal, de orgulho, riqueza vil, opulência e ostentação, a tal ponto de, no livro de Daniel, ser considerada a "cabeça de ouro" da grande visão profética (Dn 2:38). Jerusalém, em contrapartida, era tida como a cidade do grande rei, da paz, da vida espiritual da nação israelita.

Quando da destruição dos muros de Jerusalém e durante o cativeiro imposto aos judeus na Babilônia, ao longo de 70 anos, acentuou-se ainda mais a impressão, na mente daquele povo, da simbologia a que nos referimos, dando mais ênfase ao caráter pagão e antimoral da figura de Babilônia.

No Novo Testamento, o Apocalipse ressuscita a figura mitológica de Babel-Babilônia [ainda que o termo já apareça em At 7:43 e 1Pe 5:13, porém sem tal contação simbólica]. A cidade antiga surge como representação da confusão político-religiosa a que se entregaria a humanidade nos milênios que sucederiam a mensagem cristã; contudo, é apresentada principalmente como símbolo do poder religioso, distanciado dos princípios evangélicos. A alegoria imponente e apóstata da grande Babilônia é comparada somente à também secular cidade de Roma, que, para os cristãos, transformou-se em sinônimo de morte e perseguição, devido às infâmias e aos martírios impostos aos primeiros seguidores da mensagem de Jesus, nos tempos nascentes do cristianismo.

Com a transferência do poder temporal para o bispo de Roma, a partir de 538 d.C., a cidade imperial, aos poucos,

"(…) vi descer do céu outro anjo que tinha grande autoridade" [Ap 18:1]

transformou-se na capital espiritual da nova religião: o catolicismo. A partir daí, para facilitar a conversão dos povos considerados pagãos ao domínio do papa, a Igreja começou a contemporizar com as doutrinas pagãs. Aos poucos foi admitido o uso de imagens nas Igrejas, e o culto dos santos substituiu, por decreto papal, a simplicidade do culto divino. Por meio de bulas, encíclicas e concílios, a doutrina da Igreja foi-se adequando, ao longo do tempo, ao mundo pagão, e os antigos deuses romanos cederam lugar aos santos canonizados pela Igreja. A liberdade religiosa foi abolida, e somente Roma deveria ser obedecida. A Igreja aos poucos se transformou numa Babilônia espiritual, distanciada da simplicidade do Evangelho do Mestre, cujo símbolo de humildade e redenção — a cruz no calvário — cedeu lugar à púrpura e ao ouro, às riquezas e à suntuosidade dos cardeais e príncipes da Igreja e à tríplice coroa do Sumo Pontífice romano.

O tipo havia encontrado o anti-tipo. A Babilônia física, material, havia dado lugar à Babel espiritual, tão bem descrita no Apocalipse, pelo grande apóstolo do amor.

É natural que o plano espiritual ou as *vozes do céu* regozigem-se com a queda de tal poder político-religioso (Ap 18:2s). É o que se festeja também no capítulo 19 do Apocalipse, quando as nações da Terra, compactuando com tal estado de domínio espiritual, são finalmente vencidas pelo poder do Cristo, pela força do amor e da verdade. O Cordeiro promove a espiritualização do mundo, ocasiona a derrocada dos princípios opostos ao Evangelho, que, por tantos séculos, têm sustentado o poder da Babilônia espiritual.

Com a vinda das *vozes dos céus* [cf. Ap 19:1s], os espíritos do

Senhor, a luz do conhecimento espiritual iluminará consciências, libertando-as da escravidão secular dos poderes das trevas. Isso provoca a destruição de Babilônia, pois seu poder ilusório se assenta tão-somente sobre a ignorância espiritual dos homens; uma vez esclarecidos, eles mesmos são os agentes que põem fim a esta situação que domina o mundo há tanto tempo.

Com a libertação das consciências, comemora-se nos *céus*, ou regiões espirituais, o esclarecimento dos espíritos da Terra quanto às realidades eternas. Em decorrência disso, entra em cena novamente o cavaleiro branco [Ap 6:2], visto no início do livro:

> "Vi o céu aberto, e apareceu um cavalo branco. O seu cavaleiro chama-se Fiel e Verdadeiro, e julga e peleja com justiça.
>
> Seguiam-no os exércitos que estão no céu, em cavalos brancos, e vestidos de linho fino, branco e puro."
>
> Ap 19:11,14

A figura do Cristo surge como Estrela Polar, que guia os "exércitos que estão no céu", isto é, os espíritos superiores. *Soldados* ou emissários do bem, da sabedoria e do amor, sob o comando de seu Mestre, Jesus, inauguram na Terra uma nova fase da história humana. Com o simbolismo do cavalo branco, o Apocalipse demonstra a influência do Cordeiro nos acontecimentos históricos do planeta, destruindo, com a luz do conhecimento superior e a vivência do seu Evangelho, os poderes opostos ao bem imortal. Ele pacifica os corações, silencia as guerras e os canhões e mostra ao homem a possibilidade de elevar-se ao infinito, nas asas do amor e da caridade, integrando a humanidade ao concerto sideral dos filhos de Deus.

O Apocalipse não nos traz um *final* feliz, mas um *recomeço* feliz, cheio de esperanças na bondade de Deus e dos bons espíritos, os "exércitos que estão no céu" (Ap 19:14) e que amparam a marcha da humanidade pelos milênios e eras.

SATANÁS, A LENDÁRIA FIGURA DO MAL

CAPÍTULO 16
[Ap 20]

"Então vi descer do céu um anjo que tinha a chave do abismo e uma grande cadeia na mão.

Ele prendeu o dragão, a antiga serpente, que é o diabo e Satanás, e o amarrou por mil anos.

Lançou-o no abismo, e ali o encerrou, e selou sobre ele, para que não enganasse mais as nações, até que os mil anos se completassem. Depois disto é necessário que seja solto, por um pouco de tempo.

Quando se completarem os mil anos, Satanás será solto da sua prisão,

e sairá a enganar as nações que estão nos quatro cantos da Terra, Gogue e Magogue, cujo número é como a areia do mar, a fim de ajuntá-las para a batalha.

Subiram sobre a largura da Terra, e cercaram o arraial dos santos e a cidade querida. Mas desceu fogo do céu, e os consumiu."

Ap 20:1-3,7-9

Se Babel, ou Babilônia, representa no Apocalipse os poderes que dirigiam as consciências distanciadas do bem, a figura mitológica de Satanás, ou diabo, é uma grande metáfora do próprio mal. Sintetiza a natureza inferior e negativa que ainda predomina no homem em seus primeiros momentos de caminhada evolutiva; simboliza os equívocos humanos e os sentimentos e emoções inferiores, puramente materiais — tais como o egoísmo e o orgulho, as maiores chagas morais da humanidade terrestre.

No capítulo 20 do Apocalipse, o diabo personifica os instintos humanos, e é aprisionado e vencido pelo poder de Jesus, ou do Cordeiro, que exprime o mais puro amor, fraternidade e caridade. Das entrelinhas, extrai-se, portanto, que é somente através da vivência plena desses princípios e virtudes que se vencerá o *demônio* dos instintos inferiores, que tenta agrilhoar o homem ao solo do planeta; desenvolvendo as asas do amor e da caridade, poderá alçar vôo ao cosmos, como filho da vida.

Com a transformação do mundo pelo amor, os instintos inferiores serão superados ou dominados, como nos mostra o Apocalipse através da alegoria de Satanás sendo preso por mil anos, enquanto na Terra é inaugurado o reino do amor.

Entretanto, a prisão de Satanás por mil anos e sua breve soltura (Ap 20:3,7) referem-se também a uma classe de espíritos, altamente perigosos, que foi mantida prisioneira vibratoriamente, por serem prejudiciais à civilização. Outros livros do Novo Testamento nos falam dessa categoria de entidades. Talvez o mais claro seja o apóstolo Pedro, ao comentar em sua epístola que Jesus, "(...) vivificado pelo Espírito, no qual também foi e *pregou aos espíritos em prisão, os quais noutro tempo foram rebeldes*" (1Pe 3:18-20 — grifo nosso).

Esses espíritos foram soltos e reencarnaram, dando vasão aos seus instintos brutais, na época da Segunda Guerra Mundial, como generais, cientistas e estadistas que mancharam a face do mundo com seus crimes hediondos. Embora sua índole vil, precisavam de uma última chance no solo bendito da Terra, antes de serem deportados para

Satanás é preso por mil anos [cf. Ap 20:2]

mundos distantes, compatíveis com seu estado íntimo de violência e maldade. Com o tempo, descobrirão o caminho do bem, em meio aos sofrimentos e às dores que os aguardam nesses mundos primitivos.

Nesses espíritos está representada a falange de espíritos satânicos, demoníacos, que foram novamente aprisionados no magnetismo primário, aguardando o degredo para mundos inferiores. A Terra não comporta mais esse tipo de espírito.

O juízo final

> "E vi os mortos, grandes e pequenos, que estavam diante do trono, e abriram-se livros. Abriu-se outro livro, que é o da vida. Os mortos foram julgados pelas coisas que estavam escritas nos livros, *segundo as suas obras.*"
>
> Ap 20:12 [grifo nosso]

O livro profético é claro, e não deixa margem para dúvida. Enuncia que aqueles que se encontram do outro lado da vida, os chamados mortos, e os que se julgam vivos deverão ser analisados com base em suas obras [Ap 20:12-13; 22:12].

Não se fala em religião, mas em realização. Cada qual é recompensado de acordo com suas realizações espirituais, e não de acordo com o rótulo religioso que possui. A realidade íntima de cada um é inegável. A verdadeira situação espiritual interior é a base do juízo emitido pela consciência de cada um: "(...) e foram julgados cada um segundo as suas obras" (Ap 20:13).

PARTE IV
O LIVRO DO AMANHÃ

A NOVA JERUSALÉM

CAPÍTULO 17
[Ap 21 e 22]

> "Então veio um dos sete anjos (...) e me disse: Vem, mostrar-te-ei a noiva, a esposa do Cordeiro.
>
> E levou-me em espírito a um grande e alto monte, e mostrou-me a grande cidade, a santa Jerusalém, que descia do céu, da parte de Deus.
>
> Ela brilhava com a glória de Deus, e o seu brilho era semelhante a uma pedra preciosíssima, como o jaspe cristalino."
>
> Ap 21:9-11

Jerusalém é a cidade dos profetas e dos apóstolos, cantada nos Salmos e descrita nas visões dos médiuns hebreus. É a síntese dos anseios de uma nação, de um povo.

É também comparada figurativamente com a Igreja do Cristo, a Jerusalém "de cima" (Gl 4:26), "do alto" (Mq 1:5), a cidade santa, congregação universal, símbolo do plano espiritual superior. No Apocalipse é representada como a "noiva do Cordeiro" (Ap 21:9 etc.) — uma colônia espiritual diretamente ligada aos apóstolos e profetas, ao contrário de Babilônia.

Se Babilônia e Roma são apresentadas como símbolo do pecado, da imundície, da confusão espiritual das religiões, Jerusalém é a figura espiritual de um povo dedicado ao seu Senhor, a imagem de uma noiva fiel.

A Nova Jerusalém, a cidade espiritual, é, dessa maneira, uma metrópole localizada no plano espiritual, onde os espíritos

A nova Jerusalém

de mártires, apóstolos e profetas se integram no serviço do bem, visando a ajudar a humanidade. É a cidade da paz, que também é apresentada como símbolo da Terra renovada, de um mundo novo e melhor.

> "Nela não vi templo, porque o seu templo é o Senhor Deus Todo-poderoso, e o Cordeiro.
>
> A cidade não necessita nem do sol, nem da lua, para que nela resplandeçam, pois a glória de Deus a ilumina, e o Cordeiro é a sua lâmpada.
>
> As suas portas não se fecharão de dia, e noite ali não haverá.
>
> E não entrará nela coisa alguma impura, nem o que pratica abominação ou mentira, mas somente os que estão inscritos no livro da vida do Cordeiro."
>
> Ap 21:22-23,25,27

Um mundo melhor

> "Então vi um novo céu e uma nova Terra, pois já o primeiro céu e a primeira Terra passaram, e o mar já não existe."
>
> Ap 21:1

Renovado o panorama do mundo pela presença de espíritos melhores, o clima de equilíbrio será estabelecido, e tanto os planos espirituais próximos à Crosta quanto a própria superfície planetária refletirão a integridade moral de seus habitantes.

Os espíritos rebeldes, os sensuais, mentirosos, materialistas e todos aqueles que não forjaram seu espírito na vivência das leis superiores da vida, não encontrarão abrigo e morada neste novo mundo [cf. Ap 18:2-3; 20:14-15 etc.]; serão expatriados para outros orbes, outras moradas siderais, compatíveis com seu estado íntimo.

> "Bem-aventurados aqueles que lavam as suas vestes […] para que tenham direito à árvore da vida, e possam entrar na cidade pelas portas.
>
> Ficarão de fora os cães, os feiticeiros, os adúlteros, os homicidas, os idólatras, e todo aquele que ama e pratica a mentira."
>
> Ap 22:14-15

A Terra, modificada em sua estrutura geológica, adaptada a uma nova situação, para espíritos mais propensos ao bem, é representada como um paraíso, pois haverá ascendido, na hierarquia dos mundos, à categoria de planeta de regeneração.

Essa visão profética encerra o livro sagrado do Apocalipse, mostrando que, em todos os acontecimentos, mesmo os que soam trágicos, vige a vontade soberana e eterna daquele que nos ama.

Desde os tempos imemoriais, quando o homem terrestre ensaiava os primeiros lampejos do pensamento, passando pelas eras e realizações de todas as civilizações planetárias, a presença amorosa de Jesus, como diretor do planeta Terra, é constante e aponta sempre uma porta, embora estreita, mas que conduz a um mundo melhor [cf. Mt 7:13-14].

Por mais que o homem veja apenas o mal, as guerras e barbaridades, Jesus permanece como diretor de nossos destinos. Enquanto o leme da embarcação planetária estiver em suas mãos divinas, o mundo prosseguirá lenta e seguramente rumo ao fim para o qual foi criado: habitação feliz de almas em evolução, escola e oficina de trabalho para os filhos de Deus.

"Disse-me ainda: Não seles as palavras da profecia deste livro, porque próximo está o tempo.

Eis que cedo venho! A minha recompensa está comigo, para dar a cada um segundo a sua obra."

Ap 22:10,12

FILHOS DA TERRA

EPÍLOGO

"Quem é injusto, faça injustiça ainda; quem está sujo, suje-se ainda; quem é justo, faça justiça ainda; e quem é santo, santifique-se ainda.

O Espírito e a noiva dizem: Vem. Quem ouve, diga: Vem. Quem tem sede, venha; e quem quiser, tome de graça da água da vida.

(...) Certamente cedo venho. Amém. Vem, Senhor Jesus.

Ap 22:11,17,20

Durante os séculos que marcaram a história das civilizações, a Terra vem sendo abençoada com a presença de mensageiros, que têm sido enviados para dar impulso ao progresso de todos os povos do planeta. O homem tem aprendido muito ao longo desses milênios, e principalmente agora, nos últimos anos, o desenvolvimento das ciências tem elevado o pensamento, o conhecimento, a fronteiras até então inimaginadas. Em todas as latitudes, tem-se presenciado a ação humana a fim de superar fronteiras para a conquista do progresso.

Não obstante todos os avanços, o homem ainda não conseguiu erradicar a guerra, nem mesmo logrou estabelecer a paz em si mesmo. Trabalhou com partículas na intimidade do átomo, mas não conhece o próprio íntimo. Atulha-se de aparatos tecnológicos, mas ainda convive com a fome e a miséria, que atestam sua inferioridade. É vítima de si mesmo: em meio à competitividade, esquece-se de fomentar o cooperação, que poderia auxiliá-lo a preencher o vazio interior, dando sentido à existência. Nesta sede de conquistas puramente materiais, nas lutas pelo domínio e pelo pretenso progresso, expõe-se ao perigo da auto-exterminação. Como aconteceu no passado com outros povos, corre o risco de acabar cedendo lugar, no grande palco planetário, a outros povos, outra civilização, que poderia sobrevir à sua no cenário evolutivo do mundo.

A angústia, os conflitos pessoais, os dramas milenares são novamente vivenciados, levando o homem moderno a questionamentos a respeito da felicidade e do objetivo da vida, sem que ele se aperceba de seu verdadeiro significado no contexto universal.

Embora quaisquer desafios, a embarcação planetária não está abandonada à própria sorte. As mãos invisíveis de emissários do Alto estão por detrás de todos os acontecimentos no cenário político e social de vosso planeta, sob a orientação da mente cósmica de Jesus, que tudo preside. O objetivo? Levar o homem terrestre a encontrar-se consigo mesmo e a promover a transformação de si, para que o planeta encontre a estabilidade e a elevação que caracterizarão a civilização do terceiro milênio.

A paz jamais será alcançada apenas com tratados e acordos internacionais — isso não é paz, é mero armistício. Paz implica cessar os conflitos, abandonar a guerra. É necessário despertar a consciência para os valores do espírito. O futuro pertence ao espírito e ao homem terreno; é feito o convite para que ele se encontre, em meio ao aparente caos que domina atualmente o cenário do mundo. Voltando-se para dentro de si, desenvolvendo os valores íntimos, estará o homem apto a empreendimentos

Um novo amanhecer

objetivos. Mas é preciso que o homem se modifique.

O Apocalipse é um alerta à humanidade terrícola, para que refaça seus valores e posicionamentos ante a vida e se integre definitivamente ao concerto universal, elevando o hino da fraternidade como marca e lema de uma nova raça de homens.

Nas terras do Evangelho, um poder bestial se estrutura lentamente, subindo do abismo das realizações humanas no campo religioso e assumindo o domínio de consciências. Esse poder mostra-se como um Cordeiro, mas expele chamas como um dragão; fala de Jesus, mas alimenta o anticristo. Enquanto isso, como no silêncio de um sacrário, a obra do Consolador prossegue sobre a Terra, preparando as almas para a emancipação espiritual, para um reino de amor e uma era de paz. Breve vereis a Terra sendo liberada das chagas morais que a caracterizaram por séculos, para ascender na hierarquia dos mundos.

Os filhos da Terra são convidados a modificar a situação atual de seu mundo, começando pelo mundo íntimo e ampliando a renovação em torno de si. A doutrina espírita apresenta a proposta renovadora da vivência plena do amor, do despertamento das potências *adormecidas da alma*, da plenificação do ser pela elevação do padrão vibratório, que se dá pela prática incondicional do bem.

PARTE V
O LIVRO EM DEBATE

ESTÊVÃO RESPONDE

1 — Muitas religiões falam do fim do mundo, da destruição do planeta ou de um juízo final. Qual é o real significado do Apocalipse? [16]

Infelizmente as religiões que se ramificaram do tronco principal, que é o cristianismo, pregado e vivido pelos apóstolos do Cristo, assumiram uma feição de caráter apocalíptico, pregando o fim de todos aqueles que não pensam ou não comungam com as doutrinas que cada uma delas ensina. Principalmente nesse fim de século e milênio, às portas de uma nova era, os religiosos procuram realçar, com suas pregações, um cataclismo total. Afirmam que as forças de Satanás enredarão todos aqueles que não se "converteram" às suas doutrinas, os quais serão lançados nas regiões infernais, enquanto os puros, os eleitos — ou seja, os adeptos de sua seita ou religião — ascenderão às regiões paradisíacas.

O Apocalipse, no entanto, reflete uma série de profecias, através das quais os emissários da Divina Vontade transmitiram, para o médium do passado, noções de certos acontecimentos, que se passariam em várias épocas da humanidade. Mais precisamente — porém não necessariamente —, tais eventos ocorreriam no final desta era, que se finda, trazendo apelos para a renovação do panorama psíquico humano. A Providência divina visa, de qualquer modo, sempre ao mesmo objetivo: a reestruturação do sistema reinante no planeta terreno. Relatam com antecedência uma série de episódios que marcarão a passagem de milênio, sem, contudo, atribuir

---

[16] Todas as perguntas foram redigidas pela equipe editorial da Casa dos Espíritos Editora e respondidas pelo espírito Estêvão, através da psicografia de Robson Pinheiro.

uma feição catastrófica a esse momento singular. Acima de todas as profecias, paira a certeza de que, desde a formação primordial da nebulosa solar, que deu origem ao vosso sistema planetário, o Cristo guarda em suas mãos generosas, sob o olhar magnânimo do Pai, os destinos de todos nós.

2 — Quer dizer então que não haverá o extermínio da raça humana ou do planeta Terra?

Como falamos anteriormente, o Cristo está na direção de todos os acontecimentos planetários, embora o sentido trágico que muitos vêem nas mensagens proféticas ou em certos trechos dos evangelhos. Não poderíamos compreender o sentido de Deus criar todo um sistema de vida, sabendo que, em determinada época, haveria de lançar tudo ao caos, à destruição. Seria uma perda de tempo ou um atestado de incompetência da divindade, se assim as coisas sucedessem.

3 — Estes acontecimentos prenunciados no Apocalipse seguem uma determinada ordem cronológica ou se darão à revelia, conforme o comportamento dos seres humanos?

Pretendeis que Deus seja indiciplinado? Certamente os acontecimentos que se darão nessa época, tão importante para o destino da raça humana, obedecem a um plano, coordenado pelos administradores siderais do sistema do qual a Terra faz parte. No entanto, a expressão *ordem cronológica* não é bem apropriada, pois a cronologia sideral poderá diferir da vossa. Deus não se submete aos caprichos humanos, e não espera que os filhos rebeldes tomem esta ou aquela decisão para se adaptar a seus projetos. Na verdade, tudo obedece ao planejamento superior; para a administração solar, as decisões já estão traçadas desde o início dos tempos, cabendo aos homens adaptarem-se à realidade espiritual dos fatos ocorridos, sob a orientação dos mensageiros siderais.

Torna-se falha, portanto, qualquer tentativa humana de estabelecer as datas das ocorrências futuras, porque, na esfera das realidades cósmicas, trabalha-se com conceitos dimensionais e campos energéticos, e não conforme os padrões humanos.

De acordo com esse conceito de dimensão, os acontecimentos que se desenrolam no cenário dos mundos só poderão ser percebidos por aqueles cuja faculdade psíquica possa penetrar nos registros etéricos, seja por capacidade própria ou dirigido por uma inteligência superior. Para esses *profetas* ou médiuns, porém, as cenas presenciadas nem sempre farão sentido, por não se encadearem numa seqüência que obedece a lógica humana. É necessário que estejam de posse do mecanismo de análise ou interpretação dos fatos presenciados para que possam compreender o significado de suas percepções.

O próprio João Evangelista experimenta esse estranhamento, que assinala no texto apocalíptico como a intervenção eventual do anjo ou mensageiro sideral a fim de explicar suas visões. Vejamos ainda o importante esclarecimento do apóstolo Paulo sobre tais características da faculdade mediúnica: "O que profetiza é maior do que o que fala em línguas, *a não ser que também interprete* para que a igreja receba edificação" (1Co 14:5 — grifo nosso).

Aqueles que estudam os fatos revelados sob a forma de

alegorias proféticas podem estabelecer um paralelo histórico para a parte da previsão que se cumpriu. Sob o impulso do mundo espiritual superior, pode-se chegar a conclusões a respeito dos próximos eventos que se darão no palco da vida planetária.

Sozinho, no entanto, o homem comum poderá se perder em meio às interpretações desencontradas, tão comuns nos meios religiosos. A seqüência desses acontecimentos, reiteramos, poderá ser mais precisamente analisada com a colaboração dos espíritos superiores.

4 — Muitos estudiosos do assunto afirmam que, durante o desenrolar dos últimos acontecimentos, haverá intervenção, em nosso mundo, de inteligências de outros planetas. Isso é verdade?

Desde eras remotas que a Terra é palco de atenção de outras inteligências, que vêm aqui para auxiliar os humanos a erguerem-se na escala dos mundos. Todavia, não deveis esperar que sucedam eventos fantásticos e extraordinários, pois, se não aprendestes nem ao menos a resolver as pequenas coisas que estão mais próximas de vós, por certo se constituiria perda de precioso tempo a busca por aventuras para além dos limites de vosso mundo. Na hora certa, a administração espiritual do planeta permitirá o contato mais intenso com outras inteligências, conforme o homem haja se libertado de grande parte de seu orgulho e egoísmo, preparando-se intimamente para a vida social de seres mais elevados. O fato de saber que sois assistidos por irmãos mais experientes deveria fazer-vos mais gratos à

Divina Providência, que vos assiste, amorosa, e incitar-vos à aquisição dos valores imperecíveis do espírito, os únicos que vos capacitarão para o contato mais direto com as comunidades felizes, que habitam as outras moradas da casa do Pai.

5— Como ter uma visão mais ampla dos escritos do apóstolo João, no Apocalipse?

A escrita profética é cheia de símbolos e alegorias, que poderão ser interpretados de diversas maneiras ao longo dos séculos, de acordo com as possibilidades intelectuais e cognitivas de cada geração; no entanto, graças aos ensinamentos do espiritismo, podemos interligar diversos fatos históricos ao conhecimento espírita, compreendendo melhor as visões do grande médium de Patmos. A linguagem bíblica, por ser simbólica, nos exige o domínio de determinados elementos que encontramos nas próprias páginas do livro sagrado, para que entendamos o que o apóstolo queria dizer com as imagens fortes de que se utilizava para comunicar, às igrejas da sua época, a divina revelação.

O Apocalipse é um livro histórico-profético, abrangendo diversas épocas da história da humanidade, convergindo, em suas divinas instruções, para um período denominado *fim dos tempos*, quando seria estabelecido de forma definitiva, na Terra, o reino de Deus, do bem e da justiça.

Cabe-nos, portanto, relacionar a linguagem utilizada por João aos costumes da época e ao contexto cultural em que a obra é produzida, fazendo associações com os fatos científicos que vieram descortinar o panorama do conhecimento humano. De posse das ferramentas que a revelação espírita proporciona, é possível encadear os eventos de tal maneira que haja melhor aproveitamento e compreensão da Revelação de Jesus Cristo, como é chamado o Apocalipse, em sua introdução.

6 — Dessa forma, existe "uma interpretação espírita" — como é o subtítulo deste livro — e outra não espírita do Apocalipse de João?

Não há nenhuma pretensão de estabelecer partidarismo nas questões espirituais, quando de nossa sugestão acerca do subtítulo desta obra.

O que chamamos de interpretação *espírita* do Apocalipse não é nada mais que o consenso dos estudiosos do espiritismo, desencarnados ou encarnados, a respeito de determinados eventos, tendo por base a orientação espiritual da análise, do bom senso, da lógica e da pesquisa séria. Partimos do fato de que é possível basearmo-nos nas revelações de Deus para a humanidade, a fim de melhor compreender sua vontade, com vistas ao crescimento do espírito imortal.

7 — Existe então a possibilidade de se elaborar uma interpretação que difere da que nos apresenta?

Perfeitamente! Não nos cabe aqui a idéia de esgotar o assunto, dando a última palavra. Em qualquer posicionamento que venhamos apresentar, convém lembrarmos que a verdade absoluta pertence somente às leis divinas. Seja qual for a interpretação dessas leis, realizada por espíritos em evolução, na Terra ou fora dela, é passível de maiores elaborações, em vista do caráter progressivo da própria verdade. É interessante observar que a própria doutrina espírita não reclama para si a presunção de ser a última revelação de Deus, mas a base sobre a qual deverá ser erguido o edifício do conhecimento espiritual para a humanidade do futuro. Deveis pesquisar mais, ouvir diversas opiniões de outros espíritos e ponderar, com equilíbrio, bom senso e razão. Nisso reside o verdadeiro sentido que há em seguir o método kardequiano de análise.

8 — O que dizer do fato, que está sobejamente comprovado, de que se realizaram diversas modificações nos escritos dos profetas e apóstolos? Será que não se corre o risco de fazer uma análise baseada em fatos distorcidos?

Viveis num mundo em que é necessário contar com a relatividade das coisas; contudo, não ignorais que o Alto, estando atento a esses fatos, igualmente conduz recursos, através dos tempos, a fim de vos auxiliar na caminhada rumo ao futuro mais feliz.

Se, por um lado, já sois capazes de detectar os possíveis erros e distorções nos escritos considerados sagrados pelos cristãos, igualmente tendes a competência para, utilizando a razão e o bom senso, proceder a averiguações mais profundas. Entre outros instrumentos, podemos citar a intuição, a comparação com outras fontes de revelação e, juntamente com isso, tendes a palavra dos espíritos, que vos esclareçam constantemente a respeito de inúmeros problemas da vida, para que não venhais a sucumbir no emaranhado de situações criadas por vós mesmos.

Além do mais, ao longo de vossa caminhada evolutiva, talvez tenhais participado dos mesmos congressos, sínodos ou concílios que decidiram *adulterar* certas passagens do Evangelho, a fim de melhor atender aos interesses excusos do poder papal. Quem sabe não tenhais sido um de seus integrantes? Agora, compete-vos conviver com os fatos que desencadeastes no vosso passado delituoso e vos dedicardes ao estudo e à divulgação de postulados mais equânimes com a realidade evolutiva do vosso orbe. Talvez seja esse o motivo que vos ligais às falanges orientadas pela doutrina espírita, para que aprendais a valorizar o verdadeiro conhecimento, que vos fará ascender na grande escada do aprendizado espiritual.

9 — *Poderia nos fornecer mais detalhes a respeito da besta do Apocalipse?*

Na verdade, a besta é a síntese de todas as imperfeições humanas, de seus desregramentos, suas filosofias materialistas e, principalmente, suas pretensões descabidas, fruto da inveja, do egoísmo e do orgulho. A prepotência humana forjou, ao longo do tempo, as figuras através das quais se materializou esse poder bestial, em forma de governantes, governos ou instituições que se julgam ou julgaram donos do poder, da verdade e das consciências. Dessa forma, podemos ver materializado o símbolo da besta em diversas épocas da humanidade. Como exemplo, citamos Nero, Diocleciano, o poder papal, Hitler e tantos outros que têm maculado a face do vosso planeta com atitudes e atos daninhos, mórbidos e detestáveis, afrontando as leis da própria vida.

10 — O protestantismo, comentado nestas páginas como sendo "a imagem da besta", segundo a expressão do Apocalipse, deixou de receber as atenções do Alto, devido às atitudes de seus dirigentes?

Não falamos tal coisa. O protestantismo, ou as igrejas reformadas, tem também suas exceções. Os nossos irmãos continuam fazendo sua parte no programa evolutivo da Terra, mostrando a parcela da verdade àqueles que se afinam com seus métodos. No entanto, grande parte do movimento protestante tem se desviado dos preceitos sublimes do Cristo, na tentativa de obter o poder. Unem-se aos poderes do mundo de César, através da política, dos atos inconfessáveis de certos dirigentes, das atitudes antifraternas de seus membros e representantes, não aceitando ou não tolerando que outras pessoas pensem ou adorem a Deus de forma diferente da sua.

Esses são os mesmos métodos utilizados pela Igreja romana nos séculos passados, agora copiados por aqueles que se dizem representantes da verdade. Por isso é que se fazem uma "imagem da besta", ou o "falso profeta" do Apocalipse, pois adotam métodos que se encontram em franca divergência com os princípios cristãos, dos quais se dizem representantes. Mas o Alto continua investindo naqueles verdadeiros seguidores do bem, não importando o rótulo religioso que adotem. Mesmo neste caso, há exceções que merecem ser apreciadas.

11 — O companheiro poderia nos falar a respeito da "segunda vinda" de Jesus?

Quando os apóstolos se viram privados da presença física do Mestre, mesmo após as irradiações luminosas da ressurreição, abateu-se intensa perseguição sobre eles, muito embora o número de seguidores cada vez crescente da mensagem cristã. Passaram então a interpretar certos comentários de Jesus, referentes ao estabelecimento do reino de Deus, como sendo seu retorno com a multidão de anjos, para livrá-los das perseguições e lutas, levando-os para a pátria celeste. O próprio apóstolo Paulo, em certa altura diz que:

> "Depois nós, os que ficarmos vivos, seremos arrebatados juntamente com eles nas nuvens, para o encontro do Senhor nos ares, e assim estaremos para sempre com o Senhor".
>
> 1Ts 4:17

Esse comentário reflete bem a crença na *parusia*, ou doutrina da segunda vinda de Jesus, embora o apóstolo tenha modificado, mais tarde, seu pensamento a respeito. Em nova carta à mesma igreja ele comenta que:

> "Ninguém de maneira alguma vos engane, pois isto não acontecerá sem que antes venha a apostasia, e se manifeste o homem do pecado, o filho da perdição".
>
> 2Ts 2:3

Em outras palavras, o Anti-Cristo. Era corrente inclusive que o apóstolo João não morreria, mal-entendido que ele mesmo faz questão de esclarecer em seu evangelho:

> "Então divulgou-se entre os irmãos este dito, que aquele discípulo não havia de morrer. Jesus, porém, não disse que ele não morreria; mas: Se eu quero que ele permaneça até que eu venha, que te importa a ti?".
>
> Jo 21:23

Mas o tempo passou, e as esperanças, nesse sentido, não se concretizaram. À medida que a Igreja foi crescendo, criou-se uma verdadeira "doutrina" baseada na idéia de um segundo retorno do Cristo à Terra. Mas se esqueceram das próprias palavras do Mestre, quando disse aos apóstolos, entre outras coisas:

> "O reino de Deus não vem com aparência visível. Nem dirão: Ei-lo aqui! ou: Ei-lo ali! porque o reino de Deus está dentro de vós."
>
> Lc 17:20-21

> "E certamente estou convosco todos os dias, até à consumação do século."
>
> Mt 28:20

> "Eu rogarei ao Pai, e ele vos dará outro Consolador, para que esteja convosco para sempre".
>
> Jo 14:16

Por suas palavras, podemos deduzir que não há necessidade de retorno do Cristo, pois que Ele nunca nos abandonou, sempre esteve conosco, além do que enviaria à Terra as luzes do Consolador, seu representante, que também viria para ficar.

É muito cômoda a posição dos que esperam a segunda vinda do Cristo, pois, caso isso acontecesse, não precisariam de maiores esforços para subirem até Ele. Mas a realidade é bem distinta. Quem está no baixo mundo, de pesadas vibrações, deve erguer-se sob o impulso do trabalho construtivo e da reforma dos padrões morais, elevando-se até Jesus, pela prática da caridade, seguindo os seus exemplos, colaborando para a implantação do reino do amor na Terra.

EDITAR OU NÃO EDITAR?
EIS A QUESTÃO

POR LEONARDO MÖLLER
Editor

Ao elaborar a 5ª edição revista de Apocalipse: uma interpretação espírita das profecias, *diversas questões vieram à tona. Como editar o texto dos espíritos? Até que ponto corrigir e alterar uma obra publicada anteriormente? Acompanhe os bastidores da preparação desse livro.*

Lembro-me de certa ocasião em que me encontrava na companhia de uma médium experiente, a quem muito respeito e admiro. Do alto de seus 60 e poucos anos de idade, bem mais da metade deles devotados seriamente ao espiritismo, era para mim uma referência — especialmente àquela época, em que a visitava com regularidade e estava iniciando meus estudos e atividades espíritas.

Conversa vai, conversa vem, começamos a falar sobre livros e o mercado editorial espírita, bem como sobre médiuns, psicografia e nossas considerações acerca da produção literária recente. De repente, ela revela que se dedicava sistematicamente, há pouco mais de três anos, à escrita mediúnica. Contudo, findo seu primeiro trabalho, vinha encontrando dificuldades para publicação do novo texto; para sua decepção, o primeiro estudioso do movimento espírita que avaliara sua obra dera parecer negativo e, segundo ela, afirmara que eram necessárias diversas alterações e emendas. Indignada, relatou-me ainda que o tal senhor era de uma pretensão enorme, e arrematou seu discurso com a seguinte expressão, que jamais me saiu da cabeça: "Em psicografia minha, ninguém mete a mão!".

Em outro momento, ao entrevistar certo médium igualmente experiente, peguei-me conversando uma vez mais a respeito da literatura espírita. Minha atitude durante nosso bate-papo era novamente de aprendiz: sua vida, consagrada à propagação da doutrina espírita, sempre atestou grande sabedoria ao lidar com a exposição pública que decorre, naturalmente, da publicação de textos psicografados. Que método ele adotava para promover a transformação do manuscrito em livro, dos rabiscos sobre as folhas de papel (e olha que, em matéria de psicografia, não há outra palavra: são rabiscos mesmo) em obras que preencheriam as estantes das bibliotecas e livrarias? Como isso era feito?

Hoje, refletindo acerca de sua resposta às minhas indagações, ainda reajo com estranhamento: "Sou eu mesmo quem datilografa a psicografia, para certificar-me da fidelidade aos originais (...). Depois de entregar as laudas para o revisor, alguém em quem confio e que altera estritamente erros ortográficos e gramaticais, não tomo mais contato com o texto dos espíritos. Não me envolvo com o processo editorial e volto a ver as mensagens somente quando meus exemplares são entregues pela editora".

Sagrado e profano

No exercício de minha profissão como editor, acho difícil levar a cabo a orientação de publicar exatamente o que o autor envia, salvo esta ou aquela emenda do revisor. Desconheço editoras profissionais que lancem livros desse modo, pois que a função do editor é, entre outras, criticar, sugerir, propor modificações; em suma, burilar o texto a ser impresso, juntamente com o autor.

No caso de textos vindos do mundo espiritual, não vejo por que agir de forma diferente. Entretanto, reconheço que a edição de textos psicografados não é procedimento usual em grande parte do movimento espírita brasileiro, fato que este artigo não se propõe a investigar. Quero, antes de qualquer coisa, relembrar que nem sempre foi assim; recordar uma pequena parcela da trajetória do espiritismo e algumas das práticas adotadas por Allan Kardec, o insigne codificador.

Os exemplos citados na introdução deste artigo têm por finalidade tão-somente ilustrar a atitude quase sacramental que muitas vezes se vê em relação ao produto do trabalho mediúnico — e que não se resume, de modo algum, a esses dois casos. É como se qualquer alteração proposta tivesse por móvel a ação de espíritos obsessores, sempre dispostos a adulterar, profanar e corromper a mensagem dos Imortais. Ora, é claro que se deve acautelar contra a sugestão nefasta de espíritos que possuem interesses escusos; porém, não é possível que nos deixemos dominar por esse temor a tal ponto de rejeitar, *a priori*, toda crítica e incremento à comunicação espírita.

Será que esse medo, que às vezes adquire *status* de pavor, não evidencia um possível trauma reencarnatório? É possível que nós mesmos, em épocas remotas, tenhamos deturpado o sentido de textos considerados sagrados, como alerta o próprio espírito Estêvão, nas questões que responde neste livro.

Kardec "editor"

Ao contrário do que possa parecer, o apego à *forma* da psicografia original e a recusa em aprimorá-la, com vistas a expressar melhor a *essência* e o *conteúdo* da comunicação, constituem radicalização que pode trazer sérios prejuízos à manifestação clara e fiel do pensamento dos autores espirituais. Pelo menos, é assim que pensava o codificador, segundo pretendo demonstrar a seguir, e conforme podemos observar estudando seu método de trabalho.

O livro dos espíritos, obra que é o marco inaugural do espiritismo na face da Terra, foi lançado na capital francesa em 18 de abril de 1857. Entretanto — e poucos são os espíritas atentos a este detalhe —, *O livro dos espíritos* que encontramos em qualquer estante de obras espíritas **não é** a publicação que o mundo conheceu na data citada, e não me refiro às diversas traduções disponíveis em língua portuguesa. *O livro dos espíritos* que serviu de base para tais traduções é a segunda edição, "inteiramente refundida e consideravelmente aumentada"[17], que foi publicada em 18 de março de 1860. Examinemos atenciosamente parte da nota com a qual Kardec apresenta a edição definitiva:

---

[17] KARDEC, Allan. *O primeiro livro dos espíritos*. São Paulo: Cia. Editora Ismael, 1957, p. XXI. Texto bilíngüe. Tradução, comentários e notas de Canuto Abreu. Trecho extraído do frontispício da segunda edição de *Le livre des esprits*, cf. exemplar da Biblioteca Nacional de Paris, cujo *fac-símile* encontra-se no Apêndice II da fonte consultada.

> "Na primeira edição deste trabalho, anunciamos uma parte suplementar [a ser publicada futuramente]. Ela devia compor-se de todas as questões que não couberam nele, ou que circunstâncias ulteriores e novos estudos fizessem nascer. Como, porém, são todas relativas a uma qualquer das partes tratadas, das quais são desdobramento, sua publicação isolada não apresentaria nenhuma seqüência. Preferimos esperar a reimpressão do livro para fundir tudo juntamente, e aproveitamos o ensejo para introduzir na distribuição das matérias outra ordem muito mais metódica, ao mesmo tempo que decepamos tudo quanto importava em lição dúplice. Esta reimpressão pode, pois, ser considerada como um trabalho novo, embora os princípios não hajam sofrido nenhuma alteração, salvo pequeníssimo número de exceções, que são antes complementos e esclarecimentos que verdadeiras modificações"[18].

E é o tradutor da obra, o perspicaz Canuto Abreu, que logo em seguida reitera, com Kardec, na introdução que faz:

> "É o próprio Mestre [Kardec] quem afirma, com lealdade costumeira, que a 'reimpressão pode, pois, ser considerada como trabalho novo'. A meu ver, *deve*".[19]

De fato, a primeira edição é composta por introdução, prolegômenos e 501 questões numeradas, divididas em três unidades. Na segunda, acrescida de conclusão, são 1019 itens no total, distribuídos em quatro partes, dados que denotam alterações substanciais. Até mesmo o texto intitulado *Prole-*

---

[18] Idem, *ibidem*, p. VII-VIII. Fac-símile integral e original do "Aviso sobre esta nova edição" constante do Apêndice I da fonte citada.

[19] *Op. cit.*

gômenos, considerado a ata de fundação do espiritismo, que é assinado conjuntamente pelos espíritos da codificação, não foi poupado. A versão da edição definitiva contém dois parágrafos a mais que o mesmo texto, na edição primordial.

Ao rememorar o desenvolvimento de outros textos fundamentais para a doutrina dos espíritos, verificamos que o trabalho de caráter editorial é igualmente freqüente. Não obstante, há um desconhecimento generalizado sobre esse aspecto. Por que será?

Em larga escala, a ignorância acerca dessa importante característica do trabalho do codificador, bem como quanto às profundas modificações feitas na segunda edição de *O livro dos espíritos* em relação à primeira, pode ser imputada a nós, os próprios editores espíritas. Afinal, a edição original de 1857 não é impressa há anos e, além disso, as traduções disponíveis omitem tanto o aviso da segunda edição como a nota explicativa de Kardec (ambos textos reproduzidos aqui, parcialmente). Como conseqüência, o leitor de *O livro dos espíritos* raramente se dá conta de que tem nas mãos uma edição corrigida e ampliada.

Talvez esse fato, longe de ser mera preciosidade técnica, tenha contribuído para sustentar o comportamento "imexível" que muitos editores, autores, médiuns, revisores e jornalistas espíritas têm diante dos textos, especialmente os de caráter mediúnico. E assim corremos o risco de viver um paradoxo: fazer espiritismo, esquecidos do jeito kardequiano de trabalhar.

Já na edição de 1857, podemos acompanhar o relato do trabalho de âmbito editorial. Como se sabe, Kardec não publicou pessoalmente a primeira e a segunda edições de *O livro dos espíritos*, responsabilidade que coube, respectivamente, a Dentu e Didier. Porém, cumpriu o legítimo papel de um editor, no sentido profissional e jornalístico do termo, uma vez que revisou e burilou intensamente o texto dos espíritos. Vejamos algumas notas do codificador:

> "O todo (...) só foi dado a lume depois de haver sido cuidadosamente e reiteradas vezes revisto e corrigido pelos próprios espíritos (...). [Encerra pensamentos] que não constituem menos o fruto das lições dadas pelos espíritos, visto como não há [nada] que não seja expressão do pensamento deles".[20]

> "O que se segue às respostas é desenvolvimento delas, emanado dos próprios espíritos, antes pelo fundo que pela forma, e, ao demais, *sempre revisto, aprovado e muitas vezes corrigido por eles*".[21]

Com o término do período de desenvolvimento da primeira edição (que vai de agosto de 1855 a janeiro de 1857), Kardec ascendera à categoria de um mestre no trato com a produção mediúnica:

> "Agi, pois, com os espíritos como o teria feito com homens; eles foram para mim, desde o menor até o maior, meios de me informar, e não *reveladores predestinados*.
>
> Tais são as disposições com as quais empreendi, e sempre prossegui meus estudos espíritas; observar, comparar e julgar, tal foi a regra constante que segui. (...) Foi da comparação e da *fusão* de todas estas respostas, coordenadas, classificadas, *e muitas vezes remodeladas no silêncio da meditação*, que formei a primeira edição de *O livro dos espíritos*".[22]

---

[20] *Op. cit.*, p. 31. Nota prévia à questão 1.

[21] *Op. cit.*, p. 113. Nota prévia aos comentários de Kardec (grifos nossos).

Um novo dilema

Se Allan Kardec não hesitou em aperfeiçoar as comunicações mediúnicas obtidas na época da codificação, procurando aproximar o máximo possível o resultado final do sentido que os espíritos lhe atribuíam, quem somos nós para escaparmo-nos de tal procedimento? E não podemos esquecer que ele lidava com a falange do espírito Verdade: inteligências do quilate de Santo Agostinho, Platão, Sócrates, João Evangelista, Fénelon, Swedenborg, Samuel Hahnemann, entre outros.

Na Casa dos Espíritos Editora, temos por hábito revisar intensamente a psicografia. Refutamos certos trechos, propomos modificações e fazemos intervenções no texto — evidentemente, não sem antes buscar conexão com aqueles que são os "donos" da Casa, que é *dos Espíritos*, os legítimos autores das idéias expressas em nossas publicações.

Foi o próprio mentor espiritual, Alex Zarthú, que a princípio sugeriu tal procedimento, quando da preparação de seu livro *Gestação da Terra*, iniciada em 1999. Na época, ele ainda me convidou pessoalmente para um trabalho de parceria na edição, o que me compeliu a estabelecer sintonia com ele. (Acredito sinceramente que a confiança dos espíritos em cada um de nós ultrapassa em muito nossa própria autoconfiança...)

Apesar de minhas grandes limitações, Zarthú indicara-me método análogo ao de Kardec, dispondo regularmente do con-

---

[22] KARDEC, Allan. *Obras póstumas*. Rio de Janeiro: Edições CELD, 2002, p. 396, 398 (grifo nosso). Segunda parte, item "Minha primeira iniciação no espiritismo". Tradução de Maria Lucia Alcantara de Carvalho.

curso do médium Robson Pinheiro. O processo transcorreu de forma semelhante, hoje percebo. A respeito de suas revisões, o codificador escreveu:

> "O intervalo de um mês, que ele [o espírito Verdade] havia determinado para suas comunicações, apenas raramente foi observado, no princípio; mais tarde, deixou de o ser, era, sem dúvida, uma advertência de que devia trabalhar por mim mesmo, e não recorrer incessantemente a ele diante da menor dificuldade".[23]

Desde então, elaboramos questionamentos e, reunidos, discutimos, até nosso limite: médium, editor, revisor e espíritos, ainda que estes não dêem comunicações diretas. Se necessário, porém, esse processo — longo, trabalhoso, complexo, mas muito enriquecedor — conta com a manifestação ostensiva dos espíritos que nos assistem em certos momentos. E não somente do espírito-autor, mas de todos aqueles que, no plano extrafísico, compõem a equipe editorial da Casa dos Espíritos. Lá, também, um costuma interferir no texto do outro.

Com relação às particularidades do trabalho de equipe na esfera espiritual, há inclusive uma brincadeira feita por um dos autores editados por nós, o espírito Ângelo Inácio (dos livros *Tambores de Angola* e *Aruanda*, entre outros títulos). Ele costuma dizer que a única hora em que espírito da categoria dele "dá aulas" para os mentores é quando se trata das questões de linguagem e de seu parecer editorial. Como editor do Além, é convocado a emitir suas opiniões mesmo quando da publicação das obras dos espíritos mais elevados, devido à sua experiência como jornalista e escritor, e à grande habilidade que

---

[23] *Op. cit.*, p. 405.

desenvolveu no trato com as palavras. (Não que, conservando o gênio crítico e curioso que sempre teve, Ângelo precisasse de alguma convocação oficial para dar opiniões...)

Na hora de reeditar este livro de Robson Pinheiro pelo espírito Estêvão, surgiu um dilema. *Apocalipse: uma interpretação espírita das profecias* estava esgotado há anos e nos recusávamos a tão-somente reimprimi-lo, do jeito que se encontrava. Para ficar à altura da riqueza e da robustez de seu conteúdo, a obra deveria passar por uma completa reformulação, do projeto gráfico ao texto, tão distantes da realidade atual da Editora. Revisada apenas superficialmente, a edição original possui, além de incorreções gramaticais ou ortográficas, trechos truncados, mal-elaborados e com frases longas, de difícil compreensão. Entretanto, como alterar substancialmente um texto que o público já conhecia? Como explicar ao leitor nossos critérios? Seríamos compreendidos em nossas intenções?

Nunca havíamos submetido textos que não fossem inéditos ao processo editorial descrito. O único título de nosso catálogo que ganhara uma edição revista é *Canção da esperança: diário de um jovem que viveu com aids*. Além do subtítulo, alterado mediante nota explicativa inserida na nova edição, havíamos sido extremamente cautelosos em modificar fosse lá o quê, e só o fizemos quando o trecho feria a gramática ou comprometia gravemente o entendimento. Discussões sobre dois ou três pontos controversos existiram, mas foram registradas em notas de rodapé, sem interferir no texto original. Contudo, em *Canção da esperança* havia duas especificidades. Primeiramente, sabíamos que Franklim, pseudônimo pelo qual conhecemos o autor espiritual, já se encontrava reencarnado, o que nos impedia de consultá-lo com liberdade. A informação fora confirmada também por Chico Xavier, que se envolveu na confecção do livro, conforme conta o médium Robson Pinheiro, em sua introdução. Em segundo lugar, a obra é um depoimento, um diário escrito de forma romanceada, que traz esclarecimentos aos portadores do vírus HIV. Primeira obra espírita a abordar o tema, tem por objetivo consolar e combater o preconceito e, à parte os diversos ensinamentos que contêm, não se propõe ao exame metódico de qualquer assunto.

Ao contrário, *Apocalipse* é um livro de estudos, em que o espírito Estêvão esmiúça o significado do texto bíblico. Ele se detém em pormenores importantes a uma obra dessa natureza e, com isso, tornou nossa tarefa de revisá-la e publicá-la em uma nova edição, corrigida e ampliada, um desafio ainda muito maior. Certamente, os anos em que esteve esgotada foram necessários ao nosso amadurecimento como *equipe* editorial — isto é, parceiros do mundo espiritual na estruturação e difusão de idéias altamente comprometidas com a magnitude da filosofia codificada por Allan Kardec.

Enfim, redigimos esses apontamentos a fim de compartilhar com você, leitor e companheiro de jornada, as reflexões que nossa equipe elaborou durante a execução deste empreendimento: 5ª edição revista, ilustrada e com novo projeto gráfico do livro *Apocalipse: uma interpretação espírita das profecias*. Espero sinceramente que compreenda nossa motivação, e tenha a convicção de que não há como pretender pôr ponto final em debate algum. Afinal, Kardec e os espíritos superiores decidiram elaborar a maior parte de *O livro dos espíritos*, a obra basilar do espiritismo, em forma de diálogos. Quer incentivo maior do que esse à troca de idéias?

Transcenda-se. Para o catálogo completo, acesse www.casadosespiritos.com

Tambores de Angola | *Coleção Segredos de Aruanda, vol. 1*
EDIÇÃO REVISTA E AMPLIADA | A ORIGEM HISTÓRICA DA UMBANDA E DO ESPIRITISMO | Robson Pinheiro *pelo espírito Ângelo Inácio*

O trabalho redentor dos espíritos – índios, negros, soldados, médicos – e de médiuns que enfrentam o mal com determinação e coragem. Nesta edição revista e ampliada, 17 anos e quase 200 mil exemplares depois, Ângelo Inácio revela os desdobramentos dessa história em três capítulos inéditos, que guardam novas surpresas àqueles que se deixaram tocar pelas curimbas e pelos cânticos dos pais-velhos e dos caboclos.

ISBN: 978-85-99818-36-7 • ROMANCE MEDIÚNICO • 2015 • 256 PÁGS. • BROCHURA • 16 X 23CM

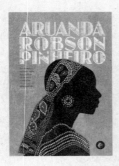

Aruanda | *Coleção Segredos de Aruanda, vol. 2*
UM ROMANCE ESPÍRITA SOBRE PAIS-VELHOS, ELEMENTAIS E CABOCLOS
Robson Pinheiro *pelo espírito Ângelo Inácio*

Por que as figuras do negro e do indígena – pretos-velhos e caboclos –, tão presentes na história brasileira, incitam controvérsia no meio espírita e espiritualista? Compreenda os acontecimentos que deram origem à umbanda, sob a ótica espírita. Conheça a jornada de espíritos superiores para mostrar, acima de tudo, que há uma só bandeira: a do amor e da fraternidade.

ISBN: 978-85-99818-11-4 • ROMANCE MEDIÚNICO • 2004 • 245 PÁGS. • BROCHURA • 16 X 23CM

Corpo fechado | *Coleção Segredos de Aruanda, vol. 3*
Robson Pinheiro *pelo espírito W. Voltz, orientado pelo espírito Ângelo Inácio*

Reza forte, espada-de-são-jorge, mandingas e patuás. Onde está a linha divisória entre verdade e fantasia? Campos de força determinam a segurança energética. Ou será a postura íntima? Diante de tantas indagações, crenças e superstições, o espírito Pai João devassa o universo interior dos filhos que o procuram, apresentando casos que mostram incoerências na busca por proteção espiritual.

ISBN: 978-85-87781-34-5 • ROMANCE MEDIÚNICO • 2009 • 303 PÁGS. • BROCHURA • 16 X 23CM

Legião 1 *Trilogia O Reino das Sombras, vol. 1*
Um olhar sobre o reino das sombras
Robson Pinheiro *pelo espírito Ângelo Inácio*

Veja de perto as atividades dos representantes das trevas, visitando as regiões subcrustais na companhia do autor espiritual. Sob o comando dos dragões, espíritos milenares e voltados para o mal, magos negros desenvolvem sua atividade febril, organizando investidas contra as obras da humanidade. Saiba como os enfrentam esses e outros personagens reais e ativos no mundo astral.

ISBN: 978-85-99818-19-0 • ROMANCE MEDIÚNICO • 2006 • 502 PÁGS. • BROCHURA • 14 X 21CM

Senhores da escuridão | *Trilogia O Reino das Sombras, vol. 2*
Robson Pinheiro *pelo espírito Ângelo Inácio*

Das profundezas extrafísicas, surge um sistema de vida que se opõe às obras da civilização e à política do Cordeiro. Cientistas das sombras querem promover o caos social e ecológico para, em meio às guerras e à poluição, criar condições de os senhores da escuridão emergirem da subcrosta e conduzirem o destino das nações. Os guardiões têm de impedi-los, mas não sem antes investigar sua estratégia.

ISBN: 978-85-87781-31-4 • ROMANCE MEDIÚNICO • 2008 • 676 PÁGS. • BROCHURA • 14 X 21CM

A marca da besta | *Trilogia O Reino das Sombras, vol. 3*
Robson Pinheiro *pelo espírito Ângelo Inácio*

Se você tem coragem, olhe ao redor: chegaram os tempos do fim. Não o famigerado fim do mundo, mas o fim de um tempo – para os dragões, para o império da maldade. E o início de outro, para construir a fraternidade e a ética. Um romance, um testemunho de fé, que revela a força dos guardiões, emissários do Cordeiro que detêm a propagação do mal. Quer se juntar a esse exército? A batalha já começou.

ISBN: 978-85-99818-08-4 • ROMANCE MEDIÚNICO • 2010 • 640 PÁGS. • BROCHURA • 14 X 21CM

Além da matéria
Uma ponte entre ciência e espiritualidade
Robson Pinheiro *pelo espírito Joseph Gleber*

Exercitar a mente, alimentar a alma. *Além da matéria* é uma obra que une o conhecimento espírita à ciência contemporânea. Um tratado sobre a influência dos estados energéticos em seu bem-estar, que lhe trará maior entendimento sobre sua própria saúde. Físico nuclear e médico que viveu na Alemanha, o espírito Joseph Gleber apresenta mais uma fonte de autoconhecimento e reflexão.

ISBN: 978-85-99818-13-8 • SAÚDE E MEDIUNIDADE • 2003/2011 • 320 PÁGS. • BROCHURA • 16 X 23CM

Medicina da alma
Saúde e medicina na visão espírita
Robson Pinheiro *pelo espírito Joseph Gleber*

Com a experiência de quem foi físico nuclear e médico, o espírito Joseph Gleber, desencarnado no Holocausto e hoje atuante no espiritismo brasileiro, disserta sobre a saúde segundo o paradigma holístico, enfocando o ser humano na sua integralidade. Edição revista e ampliada, totalmente em cores, com ilustrações inéditas, em comemoração aos 150 anos do espiritismo [1857-2007].

ISBN: 978-85-87781-25-3 • SAÚDE E MEDIUNIDADE • 1997 • 254 PÁGS. • CAPA DURA E EM CORES • 17 X 24CM

A alma da medicina
Robson Pinheiro *pelo espírito Joseph Gleber*

Com a autoridade de um físico nuclear que resolve aprender medicina apenas para se dedicar ao cuidado voluntário dos judeus pobres na Alemanha do conturbado período entre guerras, o espírito Joseph Gleber não deixa espaço para acomodação. Saúde e doença, vida e morte, compreensão e exigência, sensibilidade e firmeza são experiências humanas cujo significado clama por revisão.

ISBN: 978-85-99818-32-9 • SAÚDE E MEDIUNIDADE • 2014 • 416 PÁGS. • BROCHURA • 16 X 23CM

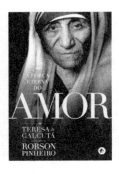

A força eterna do amor
Robson Pinheiro *pelo espírito Teresa de Calcutá*

"O senhor não daria banho em um leproso nem por um milhão de dólares? Eu também não. Só por amor se pode dar banho em um leproso". Cidadã do mundo, grande missionária, Nobel da Paz, figura inspiradora e controvertida. Desconcertante, veraz, emocionante: esta é Teresa. Se você a conhece, vai gostar de saber o que pensa; se ainda não, prepare-se, pois vai se apaixonar. Pela vida.

ISBN: 978-85-87781-38-3 • AUTOCONHECIMENTO • 2009 • 318 PÁGS. • BROCHURA • 16 X 23CM

Pelas ruas de Calcutá
Robson Pinheiro *pelo espírito Teresa de Calcutá*

"Não são palavras delicadas nem, tampouco, a repetição daquilo que você deseja ouvir. Falo para incomodar". E é assim, presumindo inteligência no leitor, mas também acomodação, que Teresa retoma o jeito contundente e controvertido e não poupa a prática cristã de ninguém, nem a dela. Duvido que você possa terminar a leitura de *Pelas ruas de Calcutá* e permanecer o mesmo.

ISBN: 978-85-99818-23-7 • AUTOCONHECIMENTO • 2012 • 368 PÁGS. • BROCHURA • 16 X 23CM

Mulheres do Evangelho
E OUTROS PERSONAGENS TRANSFORMADOS PELO ENCONTRO COM JESUS
Robson Pinheiro *pelo espírito Estêvão*

A saga daqueles que tiveram suas vidas transformadas pelo encontro com Jesus, contadas por quem viveu na Judeia dos tempos do Mestre. O espírito Estêvão revela detalhes de diversas histórias do Evangelho, narrando o antes, o depois e o que mais o texto bíblico omitiu a respeito da vida de personagens que cruzaram os caminhos do Rabi da Galileia.

ISBN: 978-85-87781-17-8 • JESUS E O EVANGELHO • 2005 • 208 PÁGS. • BROCHURA • 14 X 21CM

O PRÓXIMO MINUTO
ROBSON PINHEIRO *pelo espírito Ângelo Inácio*

Um grito em favor da liberdade, um convite a rever valores, a assumir um ponto de vista diferente, sem preconceitos nem imposições, sobretudo em matéria de sexualidade. Este é um livro dirigido a todos os gêneros. Principalmente àqueles que estão preparados para ver espiritualidade em todo comportamento humano. É um livro escrito com coração, sensibilidade, respeito e cor. Com todas as cores do arco-íris.

ISBN: 978-85-99818-24-4 • ROMANCE MEDIÚNICO • 2012 • 473 PÁGS. • BROCHURA • 16 X 23CM

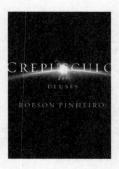

CREPÚSCULO DOS DEUSES
UM ROMANCE HISTÓRICO SOBRE A VINDA
DOS HABITANTES DE CAPELA PARA A TERRA
ROBSON PINHEIRO *pelo espírito Ângelo Inácio*

Extraterrestres em visita à Terra e a vida dos habitantes de Capela ontem e hoje. A origem dos dragões — espíritos milenares devotados ao mal —, que guarda ligação com acontecimentos que se perdem na eternidade. Um romance histórico que mistura cia, fbi, ações terroristas e lhe coloca frente a frente com o iminente êxodo planetário: o juízo já começou.

ISBN: 978-85-99818-09-1 • ROMANCE MEDIÚNICO • 2002 • 403 PÁGS. • BROCHURA • 16 X 23CM

MAGOS NEGROS
MAGIA E FEITIÇARIA SOB A ÓTICA ESPÍRITA
ROBSON PINHEIRO *pelo espírito Pai João de Aruanda*

O Evangelho conta que Jesus amaldiçoou uma figueira, que dias depois secou até a raiz. Por qual razão a personificação do amor teria feito isso? Você acredita em feitiçaria? — eis a pergunta comum. Mas será a pergunta certa? Pai João de Aruanda, pai-velho, ex-escravo e líder de terreiro, desvenda os mistérios da feitiçaria e da magia negra, do ponto de vista espírita.

ISBN: 978-85-99818-10-7 • AUTOCONHECIMENTO • 2011 • 394 PÁGS. • CAPA DURA • 16 X 23CM

Negro
Robson Pinheiro *pelo espírito Pai João de Aruanda*

A mesma palavra para duas realidades diferentes. Negro. De um lado, a escuridão, a negação da luz e até o estigma racial. De outro, o gingado, o saber de um povo, a riqueza de uma cultura e a história de uma gente. Em Pai João, a sabedoria é negra, porque nascida do cativeiro; a alma é negra, porque humana – mistura de bem e mal. As palavras e as lições de um negro-velho, em branco e preto.

ISBN: 978-85-99818-14-5 • AUTOCONHECIMENTO • 2011 • 256 PÁGS. • CAPA DURA • 16 X 23CM

Sabedoria de preto-velho
Reflexões para a libertação da consciência
Robson Pinheiro *pelo espírito Pai João de Aruanda*

Ainda se escutam os tambores ecoando em sua alma; ainda se notam as marcas das correntes em seus punhos. Sinais de sabedoria de quem soube aproveitar as lições do cativeiro e elevar-se nas asas da fé e da esperança. Pensamentos, estórias, cantigas e conselhos na palavra simples de um pai-velho. Experimente sabedoria, experimente Pai João de Aruanda.

ISBN: 978-85-99818-05-3 • AUTOCONHECIMENTO • 2003 • 187 PÁGS. • BROCHURA COM ACABAMENTO EM ACETATO • 16 X 23CM

Pai João
Libertação do cativeiro da alma
Robson Pinheiro *pelo espírito Pai João de Aruanda*

Estamos preparados para abraçar o diferente? Qual a sua disposição real para escolher a companhia daquele que não comunga os mesmos ideais que você e com ele desenvolver uma relação proveitosa e pacífica? Se sente a necessidade de empreender tais mudanças, matricule-se na escola de Pai João. E venha aprender a verdadeira fraternidade. Dão o que pensar as palavras simples de um preto-velho.

ISBN: 978-85-87781-37-6 • AUTOCONHECIMENTO • 2005 • 256 PÁGS. • BROCHURA COM CAIXA • 16 X 23CM

Quietude
Robson Pinheiro *pelo espírito Alex Zarthú*

Faça as pazes com as próprias emoções.
Com essa proposta ao mesmo tempo tão singela e tão abrangente, Zarthú convida à quietude. Lutar com os fantasmas da alma não é tarefa simples, mas as armas a que nos orienta a recorrer são eficazes. Que tal fazer as pazes com a luta e aquietar-se?

ISBN: 978-85-99818-31-2 • AUTOCONHECIMENTO • 2014 • 192 PÁGS. • CAPA FLEXÍVEL • 17 x 24CM

Serenidade
Robson Pinheiro *pelo espírito Alex Zarthú*

Já se disse que a elevação de um espírito se percebe no pouco que fala e no quanto diz. Se é assim, Zarthú é capaz de pôr em xeque nossa visão de mundo sem confrontá-la; consegue despertar a reflexão e a mudança em poucos e leves parágrafos, em uma ou duas páginas. Venha conquistar a serenidade.

ISBN: 978-85-99818-27-5 • AUTOCONHECIMENTO • 1999/2013 • 176 PÁGS. • BROCHURA • 17 x 24CM

Superando os desafios íntimos
A necessidade de transformação interior
Robson Pinheiro *pelo espírito Alex Zarthú*

No corre-corre das cidades, a angústia e a ansiedade tornaram-se tão comuns que parecem normais, como se fossem parte da vida humana na era da informação; quem sabe um preço a pagar pelas comodidades que os antigos não tinham? A serenidade e o equilíbrio das emoções são artigos de luxo, que pertencem ao passado. Essa é a realidade que temos de engolir? É hora de superar desafios íntimos.

ISBN: 978-85-87781-24-6 • AUTOCONHECIMENTO • 2000 • 200 PÁGS. • BROCHURA COM SOBRECAPA EM PAPEL VEGETAL COLORIDO • 14 X 21CM

Cidade dos espíritos | *Trilogia Os Filhos da Luz, vol. 1*
Robson Pinheiro *pelo espírito Ângelo Inácio*

Onde habitam os Imortais, em que mundo vivem os guardiões da humanidade? É um sonho? Uma miragem? Não! É Aruanda, a cidade dos espíritos, onde orientadores evolutivos do mundo vivem, trabalham e, de lá, partem para amparar, socorrer, influenciando os destinos dos homens muito mais do que estes imaginam.

ISBN: 978-85-99818-25-1 • ROMANCE MEDIÚNICO • 2013 • 460 PÁGS. • BROCHURA • 16 X 23CM

Os guardiões | *Trilogia Os Filhos da Luz, vol. 2*
Robson Pinheiro *pelo espírito Ângelo Inácio*

Se a justiça é a força que impede a propagação do mal, há de ter seus agentes. Quem são os guardiões? A quem é confiada a responsabilidade de representar a ordem e a disciplina, de batalhar pela paz? Cidades espirituais tornam-se escolas que preparam cidadãos espirituais. Os umbrais se esvaziam; decretou-se o fim da escuridão. E você, como porá em prática sua convicção em dias melhores?

ISBN: 978-85-99818-28-2 • ROMANCE MEDIÚNICO • 2013 • 474 PÁGS. • BROCHURA • 16 X 23CM

Os imortais | *Trilogia Os Filhos da Luz, vol. 3*
Robson Pinheiro *pelo espírito Ângelo Inácio*

Os espíritos nada mais são que as almas dos homens que já morreram. Os Imortais ou espíritos superiores também já tiveram seus dias sobre a Terra, e a maioria deles ainda os terá. Portanto, são como irmãos maisvelhos, gente mais experiente, que desenvolveu mais sabedoria, sem deixar, por isso, de ser humana. Por que haveria, então, entre os espiritualistas tanta dificuldade em admitir esse lado humano? Por que a insistência em ver tais espíritos apenas como seres de luz, intocáveis, venerandos, angélicos, até, completamente descolados da realidade humana?

ISBN: 978-85-99818-29-9 • ROMANCE MEDIÚNICO • 2013 • 443 PÁGS. • BROCHURA • 16 X 23CM

O FIM DA ESCURIDÃO | *Série Crônicas da Terra, vol.1*
REURBANIZAÇÕES EXTRAFÍSICAS
ROBSON PINHEIRO *pelo espírito Ângelo Inácio*

Os espíritos milenares que se opõem à política divina do Cordeiro – do *amai-vos uns aos outros* – enfrentam neste exato momento o fim de seu tempo na Terra. É o sinal de que o juízo se aproxima, com o desterro daquelas almas que não querem trabalhar por um mundo baseado na ética, no respeito e na fraternidade.

ISBN: 978-85-99818-21-3 • ROMANCE MEDIÚNICO • 2012 • 400 PÁGS. • BROCHURA • 16 X 23CM

OS NEPHILINS | *Série Crônicas da Terra, vol.2*
A ORIGEM DOS DRAGÕES
ROBSON PINHEIRO *pelo espírito Ângelo Inácio*

Receberam os humanoides a contribuição de astronautas exilados em nossa mocidade planetária, como alegam alguns pesquisadores? Podem não ser Enki e Enlil apenas deuses sumérios, mas personagens históricos? Desse universo em que fatalmente se entrelaçam ficção e realidade, mito e fantasia, ciência e filosofia, emerge uma história que mergulha nos grandes mistérios.

ISBN: 978-85-99818-34-3 • ROMANCE MEDIÚNICO • 2014 • 480 PÁGS. • BROCHURA • 16 X 23CM

O AGÊNERE | *Série Crônicas da Terra, vol.3*
ROBSON PINHEIRO *pelo espírito Ângelo Inácio*

Há uma grande batalha em curso. Sabemos que não será sem esforço o parto da nova Terra, da humanidade mais ciente de suas responsabilidades, da bíblica Jerusalém. A grande pergunta: com quantos soldados e guardiões do eterno bem podem contar os espíritos do Senhor, que defendem os valores e as obras da civilização?

ISBN: 978-85-99818-35-0 • ROMANCE MEDIÚNICO • 2015 • 384 PÁGS. • BROCHURA • 16 X 23CM

Os abduzidos | *Série Crônicas da Terra, vol. 4*
Robson Pinheiro *pelo espírito Ângelo Inácio*

A vida extraterrestre provoca um misto de fascínio e temor. Sugere explicações a avanços impressionantes, mas também é fonte de ameaças concretas. Em paralelo, Jesus e a abdução de seus emissários próximos, todos concorrendo para criar uma só civilização: a humanidade.

ISBN: 978-85-99818-37-4 • ROMANCE MEDIÚNICO • 2015 • 464 PÁGS. • BROCHURA • 16 X 23CM

Você com você
Marcos Leão *pelo espírito Calunga*

Palavras dinâmicas, que orientam sem pressionar, que incitam à mudança sem engessar nem condenar, que iluminam sem cegar. Deixam o gosto de uma boa conversa entre amigos, um bate-papo recheado de humor e cheiro de coisa nova no ar. Calunga é sinônimo de irreverência, originalidade e descontração.

ISBN: 978-85-99818-20-6 • AUTOAJUDA • 2011 • 176 PÁGS. • CAPA FLEXÍVEL • 16 X 23CM

Trilogia O reino das sombras | *Edição definitiva*
Robson Pinheiro *pelo espírito Ângelo Inácio*

As sombras exercem certo fascínio, retratado no universo da ficção pela beleza e juventude eterna dos vampiros, por exemplo. Mas e na vida real? Conheça a saga dos guardiões, agentes da justiça que representam a administração planetária. Edição de luxo acondicionada em lata especial. Acompanha entrevista com Robson Pinheiro, em cd inédito, sobre a trilogia que já vendeu 200 mil exemplares.

ISBN: 978-85-99818-15-2 • ROMANCE MEDIÚNICO • 2011 • LATA COM *LEGIÃO, SENHORES DA ESCURIDÃO, A MARCA DA BESTA* **E CD CONTENDO ENTREVISTA COM O AUTOR**

Responsabilidade Social

A Casa dos Espíritos nasceu, na verdade, como um braço da Sociedade Espírita Everilda Batista, instituição beneficente situada em Contagem, MG. Alicerçada nos fundamentos da doutrina espírita, expostos nos livros de Allan Kardec, a Casa de Everilda sempre teve seu foco na divulgação das ideias espíritas, apresentando-as como caminho para libertar a consciência e promover o ser humano. Romper preconceitos e tabus, renovando e transformando a visão da vida: eis a missão que a cumpre com cursos de estudo do espiritismo, palestras, tratamentos espirituais e diversas atividades, todas gratuitas e voltadas para o amparo da comunidade. Eis também os princípios que definem a linha editorial da Casa dos Espíritos. É por isso que, para nós, responsabilidade social não é uma iniciativa isolada, mas um compromisso crucial, que está no DNA da empresa. Hoje, ambas instituições integram, juntamente com a Clínica Holística Joseph Gleber e a Aruanda de Pai João, o projeto denominado Universidade do Espírito de Minas Gerais — UniSpiritus —, voltado para a educação em bases espirituais [www.everildabatista.org.br].

Quem enfrentará o mal
a fim de que a justiça prevaleça?
Os guardiões superiores
estão recrutando agentes.

Colegiado de Guardiões da Humanidade
por Robson Pinheiro

FUNDADO PELO MÉDIUM, terapeuta e escritor espírita Robson Pinheiro no ano de 2011, o Colegiado de Guardiões da Humanidade é uma iniciativa do espírito Jamar, guardião planetário.

Com grupos atuantes em mais de 10 países, o Colegiado é uma instituição sem fins lucrativos, de caráter humanitário e sem vínculo político ou religioso, cujo objetivo é formar agentes capazes de colaborar com os espíritos que zelam pela justiça em nível planetário, tendo em vista a reurbanização extrafísica por que passa a Terra.

Conheça o Colegiado de Guardiões da Humanidade. Se quer servir mais e melhor à justiça, venha estudar e se preparar conosco.

PAZ, JUSTIÇA E FRATERNIDADE
www.guardioesdahumanidade.org

1ª edição [agosto de 1997]

4 reimpressões [12.000 exemplares]

2ª edição revista [junho de 2005] 5.000 exemplares

6ª reimpressão [dezembro de 2005] 5.000 exemplares

7ª reimpressão [março de 2009] 3.000 exemplares

8ª reimpressão [outubro de 2010] 3.000 exemplares

9ª reimpressão [fevereiro de 2012] 2.000 exemplares

10ª reimpressão [fevereiro de 2013] 2.000 exemplares

11ª reimpressão [fevereiro de 2014] 2.000 exemplares

12ª reimpressão [novembro de 2015] 2.000 exemplares

13ª reimpressão [setembro de 2019] 1.000 exemplares

14ª reimpressão | agosto de 2023 | 1.000 exemplares

Mais de 37 mil exemplares vendidos

Esta obra foi impressa pela Lis Gráfica, em Guarulhos, SP, para a Casa dos Espíritos Editora.